JN277231

# こうして書いていく

藤谷治

大修館書店

# 目次

装幀　吉田浩美・吉田篤弘［クラフト・エヴィング商會］

# こうして書いていく

# 文学と地面——まえがきにかえて

デジタル、というものを、すべて信用していない。

もちろん私も現代人であるから、デジタルなものをどこでもかしこでも使っている。仕事でも頻繁に使う。デジタルなものを用いなければ仕事にならんといった方がいい。だが利便性必ずしも信憑性とはならない。むしろ便利なものをぼんやり信用していると、不意にしっぺ返しを喰らうことがある。人間関係と同じだ。

旧弊に囚われているから信じないわけでもない。八十年代に二十代だった人間である私は、まさしく世のデジタル化と共に人生を送ってきた。スーパーファミコンのゲームで遊び、デスクトップ並の大きさだったワープロで卒論を書き、ウィンドウズは「3・1」から手放したことがなく、編集者に書いたものを原稿用紙の状態で渡したことは二度か三度しかない。

それでも信用しない。むしろ、それだから信用しないのかもしれない。学生時代やサラリーマンだった頃に書いた習作は、8インチのフロッピーディスクに埋もれたままになっていて、今のパソコンでは、もう読めない。デジタルが「進歩」したからだ。今のパソコンには、8インチどころかフロッピーディスクドライブそのものがない。

習作などは読めなくて幸いでもあるけれど、ベータマックスに録画された三遊亭円生の落語や、レーザーディスクで揃えた「モンティ・パイソン」なんか、捨てるのも惜しく、死蔵するのも業腹《ごうはら》で、DVDで買い直すのもためらわれる。DVDだのHDDだのブルーレイだのが、私の寿命よりも長持ちする保証など全くない。

実際「デジタル・ジレンマ」という言葉もあるそうだ。映像なり文書なりを、デジタルなデータとして保存するのは、結局はアナログな保管よりも厄介で高くつく、というジレンマの由である。さもありなん。

こういうことを意識的に考えるようになったのは、しかし最近のことだ。これまで私は、デジタルだとかアナログだとかいったことは、思考にさしたる影響はないと思っていた。今も多少はそう思っている。とりわけ私の商売である文学創作の実際において、デジタルとアナログの違いとは、結局の所、手の先にワープロのキーボードがあるか、それとも万年筆があるかというだけのことである。ワープロであれば思いついた順番に書き放題に書けるが、手書きは何かと面倒臭くて滞る、なんてイメージがあるようだが、実際にはそんな違いもない。心身の調子が良ければノートに走り書きが止まらぬこともあるし、駄目なときはワープロの前で日がな一日への字口である。文学の前に道具は道具でしかない。

そう思っていた。今でもそう思っているのである。ところがこのところ、どうもそれは違うのではないか、違わないにしてもどこか、一面的な見方なのではないかと思うようになってきた。そう思うようになったのは、二〇一一年三月十一日から始まった震災が発端である。

あの震災からしばらく、東京では電力不足が懸念されていた。それで私は、ワープロ（つまり電力）に頼らず、手書きで執筆することに慣れる必要があると考えたのである。「鷗よ、語れ。」（『新潮』二〇一二年十月号に掲載）という小説を書き始めた。初めに縦罫のノート三冊に書き、原稿用紙に浄書し、最後に、便宜と推敲を兼ねてワープロに書き写していった。

誰でもいうことだろうが、「書く」とは、筆先から伝わってくる紙の感触と、筆先に自分が伝えていく筆圧との出会い、邂逅のことだと、つくづく思いながら書いた。文字から文章へ、文章から小説へ、小説から文学、芸術へ。その、祈るような営為の淵源には、この邂逅がある。

これまでも手書きで小説を書くことはたまさかあったのだから、この執筆だけを特別視することはない筈だが、それでもそんなことをつくづくと思ったのは、震災の衝撃の大きさと、無関係ではなかったろう。

東日本大震災は、日本列島における地震の活動期をもたらしたと考えられている。つまり今も震災は続いている。今日は揺れなかったというだけである。少なくとも私はそう思って日々を暮らしている。

「そう思って暮らしている」の「思い」とは、どういうことだろう。また地震が起こって、それも東北よりも自分のより身近で揺れて、いつ生命財産が失われるか判らない、ということだろうか。それも含むが、それはそれ以上の思いである。

それは、地面はあてにならない、という気持ちだ。気持ちというより、当然の話といった方がいいだろう。地面は人間の生命の基本である。生活どころではない、社会とか文明とか、歴史とか血脈とかいったすべてが、何よりもまず「地面」というものの存在を前提として成り立っている。その基本が、基本というも愚かなほどの基本が、あてにならない。今の日本は、そういう地面である。そういう地面の上で、日々を暮らしている。

しかしそれは、不安とは少し違うものを、私にもたらしているようだ。一種の原始宗教的な認識？　とでもいうべきものが、あれからの私にはある。ああ地面は、人間のためにあつらえられたものではないな、という認識である。これまた当たり前すぎるほど当たり前の認識だけれど、震災の前は、そんなことを考えもしなかった。いや考えてはいたと思う。だがそれは抽象的な認識だった。単に（というのもおかしな話だが）私の小説を書く上での、思考の根本にすぎなかった。それを抱えて日々を暮らすようなことはなかった。

地面は人間の都合に合わせた作り物ではない。人間は地面の上で安心できるわけではない。この認識はジレンマである。なぜなら、これは誰でも知っている大前提であるにも拘《かかわ》らず、こんな認識を大前提としていたのでは、人間は生活を築くことができないからである。家を建ててもいつかは壊れる、道を開いても地は割れる。そんな諸行無常が常住坐臥に及んだ日には、仕事も何もあったものではない。ましてや社会や政治など成り立たない。

そこで社会や政治は、この大前提をひとまず無視してかかる。震災後に大きな政治的な問題となった原子力発電所も、また領土問題も、私には象徴的に思える。「それでも原発は必要だ」という考えは、「地面は覚束ない」という大前提があってはどうにもならないであろうし、領土問題に向かって「そもそも人間が地面に線を引くことに無理がある」といったところで、なんの解決にもならない。そういうところから問題が始まっていないからである。それはそうなんですけどね、と、まずいってから始まるのが、政治的問題というものだ。

むろん政治を軽蔑することはできない。私たちが今日も明日も働くのは、働くことが未来にとって有意義であるに違いないと、一縷《いちる》の望みを託しているからである。いや無意味だ、徒労なんだと、無償の残業に疲れた夜の電車の中や、西日に照らされた営業先からの帰路で思ったりもするけれど、それですべてを放り出す人は少ない。確かに地面は人間のためにあるわけじゃないが、しかし地面が人間のいとなみをすべて消滅することもないのだから、遺された私たちは残された地面の上に、社会を継続させなければならないのである。自分たちのやっていることが、自分自身にとってどんなに無駄な徒労に見えても、やはり私たちは生きていく。それと同じように、政治も文明も歴史も、いかに愚行の累積に見えようとも、続けていくより他にどうしようもないのである。

こうして私たちの日々は、今も続いている。そして私は、そういう日々の中で、文学の存在意義、文学の重要性、というものを、これまでになく痛切に感じるようになった。

文学は人間の脆さに関わる芸術である。文学は社会の発展に寄与しない（思想的な示唆を、若干与えようとすればできないこともない、という程度である）。人間を大衆として扱わない。文学は不特定多数に向けられているように見えながら、実際は一人ひとりの人間に向けて書かれている。極端ないい方に思われるかもしれないが、文学はあなたのためにあるのだ。これを極論とは、私は思わない。

未来への一縷の望みと、地面の不動を大前提にしなければ生きていかれない、社会的な生命である人間に、社会から一時離れたところで、ひっそりと語られるささやきが文学である。そのささやきは、必ずしも人間を慰めない。心地よい言葉で人間を甘やかさない。しかしその究極の目的は、人間を根本から励ますことにある。通俗的であるか、純文学雑誌に掲載されたものか、ライトノベルか推理小説か文学賞受賞作品か、そんなことはどうだっていい。それが人間の心に根付き、その人間を根本から励ますものであれば、それはすべて文学であり、芸術である。

手書きで文字を書き連ねることを助けに、私は自分の仕事への自覚を深めた。それは人間を「マス」で俯瞰する、通り一遍の読み物であってはならない。文学でなければならない。せめてそう志して働かなければならない。力及ばないとしても。

# 文字について

# 猫と手書き

我が家に猫が二匹いる。野良猫の里親ボランティアに応募して貰って来た。キジトラのおすに「ゆんた」、サバトラのめすに「ちゅら」と名付けた。私も妻も沖縄が好きなのだ。猫に沖縄らしさは、特にない。

結婚の翌年に家に来たのだから、もう十一歳である。近頃の猫はこのくらいの年齢になってもけっこう丈夫で若々しい。少なくとも見たところは元気いっぱいである。

しかしやはり衰えは少しずつ出てきている。子供の頃はちゅらの方が、お腹に虫が残っていたりして世話を焼かせたのだが、この数週間、ゆんたの世話で妻も私もフラフラである。

ゆんたは呑気な猫で、飯さえたらふく食っていれば文句はないらしい。爪を切っても顔を拭いてもさして嫌がらない。肥満に対して過度に敏感な人であれば、あるいはデブ猫にも見えるかもしれない、という程度に太っていることは、私も認めなくはない。

好きなときに走り回って、飽きたら寝て、食うだけ食ってを繰り返していたのだが、こいつは生まれたときから涙腺が詰まっていて、涙がうまく鼻に抜けてくれない。そのためしょっちゅう目の周りをじめじめとさせている。妻は実にこまめに世話を焼いているのだが、追いつかない。そのせいかどうか、ある日からしきりに目を擦るようになった。そしてとうとう、まぶたから出血するようになってしまったのである。

人間だったらどうということもない傷で、放っておけばかさぶたになっていずれ癒えるのだが、なんせ猫だから、食いたいときに食うように、搔《か》きたくなったらいくらでも搔いてしまう。搔けば搔くほど完治が遠のくとか、搔くほどになお痒くなるといった理屈は、私も何度となくいって聞かせたのだが、いかんせん言葉が通じない。動物病院に見せに行ったら、案の定、薬と一緒にエリザベス・カラーを渡された。猫が患部を搔いたり舐めたりしないよう、首の周りに取り付ける大きなカラーである。舌や脚が身体のどこにも届かなくなるほどの大きさだから、猫の視界は著しく妨げられる。猫は怯える。我が家の猫は首輪すらしていない。ちょっとでも身体を締め付けるようなことはしたことがない。

薬はその日のうちから妻が器用に塗っていたが、カラーは付けられなかった。ためしに一瞬付けてみたのだが、ゆんたはとたんに憐れな声で鳴き、不安そうに後ずさりし、カラーをなんとか振り切ろうと激しく首を振り、壁や家具にカラーをぶつけながら暴れまくり、終いにベッドの上で固まってしまった。その有り様を見ていたら、可哀想でひょれひょれになってしまった私たち夫婦は、二分でカラーを取ってあげたのであった。

カラーなど付ける必要はないのである。猫が掻かなければいいのである。そこで私たちはどうしたかというと、ゆんたが起きているあいだは自分たちも寝ずに番をしようと決めた。猫が起きているときは付きっ切りになって、ゆんたが患部を掻こうとしたら止める。寝ているときもいつ起きて掻くか判らないから付きっ切り。事実上二十四時間見守っていようというのだ。馬鹿である。いい大人が何をやっておるのか。第一、仕事はどうなる。

仕事は実は大問題であった。実は、なんて言葉は付ける必要もないが、その頃私は、のちに『世界でいちばん美しい』(小学館)と題されることになる、大きな長篇小説の三分の二の節目にあたる部分を、いよいよ書き上げようという段に迫っていた。私たち夫婦にとって猫を見守るというのは、自分らの目の届く場所に猫を常に置いておくという意味ではなく、猫がどこでも好きなところに行くのを人間様が後からのこのこ付いていくということであるから、ワープロのディスプレイに集中するなどもってのほかである。

これが小説を書きあぐねているところであれば、格好の言い訳になったであろう。編集者に電話して、いやあ、猫の番をしてたら原稿が書けなくてですね……。翌日から仕事をホされるのは火を見るよりも明らかだが、まあそこはナンとでもいいくるめられるかもしれない。しかし間の悪いことに私は書きたいのだ。頭の中に書きたいことが浮かんでいる。さらにその書きたいことは、すでに脳内で文章になっている。あとは文字に書き起こすばかりになっている。

どうしよう、とは私は思わなかった。迷わず手で書くことを選んだ。持ちやすい二百字詰めの原稿用紙と万年筆と、『明鏡国語辞典』を持って猫の前に座り、小説のクライマックスを書いた。

これまでも何作か、初稿を原稿用紙に手書きしたことはあったが、考えてみるとそれらはいずれも、作品の内容に即するべくそうやって書いたのだった。たとえば『二都』（中央公論新社）という作品は、あたかも自分がいっぱしの近代文学者にでもなったつもりで書こうと考えたので、原稿用紙も紀伊国屋製の立派なものにこだわり、書き損じた部分は線を引いて消すのではなく、その上に同じ升目の数だけ反古《ほご》にした原稿用紙の升目を切って糊で貼り、そこに改めて書いていった。そういうやり方が果たして近代文学者的なのかどうかは知らない。むしろ線を引いて消した方が谷崎とか露伴みたいだったかもしれない。同じ升目を糊で貼るというやり方は、実はテレビのドキュメンタリーで、大江健三郎氏がそうやっていたので、真似たのである。ちなみに紀伊国屋製の原稿用紙も、大江氏が使っていると講演会でいっておられたので真似た。

『二都』はどうやら失敗作らしいのだが、書いていて楽しかったという思い出ばかりがある。『誰にも見えない』（小学館文庫）は、中学二年生の女子の一人称、つまり小説を語っている「わたし」が中二の女子という形式で書いた。私は昭和三十八年生まれのおやじで、中二女子とはずいぶん違う。気持ちがなかなか入らない。そこで形だけでもと、中学生らしく、原稿用紙に鉛筆で書いていった。これも楽しく書けた。

という具合に、小説を手書きする場合は殆《ほとん》どが、いわば作品がそのように求めているからだった。唯一の例外が『おがたQ、という女』（小学館文庫）で、これはのちに妻になる女性からプレゼントに万年筆を貰ったので、それを使おうと思って書き始めた。書き終えたときには結婚していたと記憶する。

いずれにしても、猫の世話で手書きに回帰するとは、思いがけなくも珍しいことで、なぜか何となく気恥ずかしい感じもする。しかしこれは結果的に非常に気持ちがいい仕事のやり方である。当分これで行こうかと思っている。

というのも実はその後、猫の看視を二十四時間続けることは不可能であるという真理に突き当たって、ゆんたには泣く泣くエリザベスカラーをしてもらうことになったのだ。またしてもゆんたは驚き嫌がり、後ずさりしてカラーから抜け出そうとしたり、首を振りながら走り回ったり、あらぬ場所で伏せたまま身動きしなくなったりする。それはそれで看視が必要になった。ということは手書き続行は必然だ。そしてこれは長期戦になるだろう。最初は下敷き代わりに大判の古雑誌など使っていたのだが、ほどなく百円ショップに行って、閉じられるクリップボードとB5判の茶封筒を買い、茶封筒をクリップボードの閉じる側に糊で貼り付けて、留めた原稿用紙に書いていき、書き終えた原稿は茶封筒に突っ込んでいく、というやり方にしたところ、なんとびっくり（というほどではないが）これさえあれば、いついかなるところでも思いついたときや興が乗ったときに開いて書けるのである。猫の番にはもちろんのこと、電車の中で立ったままでも書ける。隣の乗客に覗き見されているんじゃないかと気にはなるが。

ちなみにこの原稿も手で書いている。しかし編集者に渡すときには「データ」で渡す。原稿をワープロの横に置いて入力するのである。面倒な手間のように思えるかもしれないが、これを手間と思うようなら物書きはできない。それに右から左へただ書き写すのではない。てにをはを直したり段落を入れ替えたり、最初に書いたときには見えていなかった全体を考え直したりする。原稿のデジタル化がおのずから推敲になるのである。

私はかつて電子書籍が出始めた頃、さる電子書籍賛美者に向かって、そんなに電子が素晴らしいなら、その端末機器でこれと同じことをしてみろといって、かたわらの本を一冊持ち、二階から一階に投げ落とし、地面に落ちたその本を読み始めたことがある。賛美者は私の暴力ぶりに蒼くなっていた。同じことがデジタル機器全般についていえる。ワープロにしてもそうだ。その計り知れない利便性は私も認めるし重宝しているが、赤子を扱うように慎重でなければならないというのは、やはり欠点である。

とりわけ文学とか創作においてその欠点はよくないのではないか。創作とは本質的に乱暴なものである。また発作的なものでもある。思いついたときにうわあっと書きたいものだ。そういう暴力性、原始性を、もしもデジタル機器が知らないうちに人間から排除しているとしたら、芸術はそれを忌避すべきだろう。書きたくなったら、パソコンが起動するのを待ってなんかいられるものか。

追記

これをワープロに書き直しているあいだに、今度はちゅらのお尻にある匂い袋が破裂して、今我が家の猫は、二匹ともエリザベスカラーをしている。こうなると仕事どころではない！手書きもへったくれもありゃしない！

# 自筆をきらう

字がうまくなりたいものだと、つねづね思っている。自分なりに努力もしているつもりだ。しかしうまくならない。この歳で下手ならもう生涯下手なのかもしれない。

自分の文字が、なぜうまくならないのか。理由は判っている。いくつも理由がある。

第一に練習しない。気が向いた時にしか筆を持たない。少しでも忙しかったり、ほかにやりたいことがあれば、字は書けない。筆で何かを書くというのは三十分やそこらの閑でさらりと済ませることのできないものだ。まず墨を磨らなければならない。あれが私のようなセッカチにはなかなかじれったいもので、しかもくたびれる。だいたい墨書において、どうしてああも右手ばかりが酷使されるのだろう。墨を磨ってへとへとになった右手で筆を持って、ろくな字の書ける人はそれだけで偉いと思う。まあこれは大袈裟だが。

おまけにゆっくり書かなければならない。ちゃっちゃと書いて人に見せられる字になったためしがない。私は職業柄、文字をゆっくり書くのが苦手だ。原稿の文字をゆっくり書くと、何を書くつもりだったか忘れてしまうことがある。冗談のようだがこれは実際の話だ。思考のリズムと書字のリズムは同一ではない。

最近私は、ごくゆっくりと小説を書こうと考えて、原稿用紙に筆で書き始めてみた。だがこの試みはうまくいかず、現在も挫折したままである。能書家でもあった川端康成も、初稿をまで筆で書いたりはしていないようだ。書として残っている彼の小説原稿は、その小説が完成して、評判になったのちに、乞われて書いた揮毫《きごう》である。

むろん私は揮毫なんかしないし乞われることもないが、年賀状は筆で書く。毎年正月が近づくと、自分の住所だけは印刷で済ませるが、干支のゴム判を作って一つひとつ捺し、宛先から謹賀新年から添えるべきひと言に至るまですべて自分で書く。ただし筆ペンである。周知の通り筆と筆ペンは、仕上がりにこそ筆跡らしきものが残りはするけれど、書く道具としては全くの別物といってよく、どういう工夫か知らないが、筆ペンは筆で書くより若干達筆になるようである。それでもひどい字しかできない。筆などで書いたらまず間違いなく判読不能である。

しかも最近の年賀葉書はインクジェットとかいって、インクは定着しやすいが、墨は乾きにくくなっている。乾くのを待ちながら次々と書いていくと、しまいには部屋中が年賀状で埋め尽くされる。また大袈裟なことを書いてしまった。それに年賀状の話は今、どうでもいい。

第二に書について私は師事をするつもりがない。人から物を教わるのが嫌いである。チェロばかりは思うところあってインターネットで先生を探したが、それも年下の、あまり口うるさくない女性チェリストを選んだ。自分のやることを、それはこうしろ、そこは違う、これが正しいと、矯正されるのがたまらない。教わるというのはそういうことなのに、そういうことをいわれるために教わりに行っているのに、理屈なしに我慢ならなくなってしまう。

まして文字である。文字なら物心ついた頃から書きづめに書いている。ここ十年ほどは、それが商売にさえなっている。字を書くのが商売なのはたいていのサラリーマンだって同じだろうけれど、小説は短篇ひとつ書いたって、三万字五万字になるのはざらである。それだけ書いて五十歳にもなって、何を今さら永字八法だ。片腹痛いわ。……我ながらひどい態度の生徒である。

つまり私は、なんとか独学でひとかどの字を書けるようになりたいと思っている。それを不可能とは思っていない。本屋に行くと、一人で学べる書道とか、三十日で字が見違えるほどキレイに！　なんて触れこみの本がいくらでもあるし、ＤＶＤなども出ているようだ。そういう本や映像を見ながら、真面目にこつこつ書いていけば、少しは立派な字が書けるようになるのかもしれない。そうやって勉強している人はいくらもいる。成果をあげられた人もいるだろう。

それで本当のことをいえば、私もまたそのように真面目な気持ちで本の通りに字を書いているのである。それでもうまくならないのである。毎日やらないからかもしれないが、どうやら、ことはそう簡単なものではなさそうなのだ。私の根本に欠陥があるらしいのである。

つまり私には、造形力というものが決定的に不足しているようなのだ。小説を書くときでも、私は自作を映像的に想像しない。作家の中には、一場面が画に浮かび、それを基点として小説を作り上げる人もいるらしいのだが、そういうヴィジュアル・イメージが浮かんできたことはこれまでいっぺんもない。物語も人物もすべて文章である。夢もしばしば文章で見る。支離滅裂な文章を読んでいる夢である。

本を見るとよく、紙の中に四角形をイメージし、その中に文字を書けなどとある。私にはその、紙の中に四角形をイメージするということができないのである。半紙を広げれば、見えてくるのはどこまでも半紙ばかりであって、その中に描かれてもいない四角形を幻視するなどというのは、私には超能力の類に思える。

それでもそう教える本のいわんとすることは、実際的には無理でも、観念的には理解できるから、半紙の四隅を見つめて何とかそれを縮小させ、半紙の中に小さな半紙のあるがごとくに空想してみる。そこまではできるが、しょせん空想である。それも苦労して捏造した空想である。よしと思って筆を上げると、もう筆に少し気を持っていってしまったがために、せっかく捏造した空想四角形は雲散霧消してしまう。

四角形をイメージするだけでこれである。ましてや逆三角形や台形の中に文字を書くなんて器用なことが、できようはずがない。お手本の要請はさらに厳しく、口という字の二画目を「気持ち伸ばす」だの、先という字の終画は文字の「ほぼ中心」から起筆せよだのと書いてある。気持ちとはなんのことだ、ほぼとは。靴を履こうとして靴べらを割ってしまう私のような男に、そんな機微が理解できるものか。そんな器用なことができるとでも思っているのか。どうやら私には、字を書くために最低限必要な、心の落ち着きというのも足りないようである。

さらに私には、臨書というのが楽しくない。いにしえの名筆の書いた文字を見ながら、似せて書くのが臨書というものらしく（斯道の方から、そんな生易しいもんじゃない、というお叱りを受ける可能性はある）、私も『五体字類』など見ながらやってみはするのだが、何回やっても似ても似つかぬ字ができる。繰り返していればだんだん似てくる、すなわち巧くなる、ということなのだろうが、私にとってそんなのは理想論であって、書きたい一字がいつまでもお手本に似てこないばかりか、ちょっと似るようになっても次に同じように書けるとは限らない。さらには一字が書けるようになったところで、別の文字はまたはなから練習しなければならない。果てしのないことだ。

エッセイとは書きながら考える、その軌跡のことである。考えがまとまってから書き始めるものではない。そう私は思っているから、この文章もどこへ辿りつくのか判らないままここまで書いてきたが、こうして書に対する気持ちを綴っていくに、自分がいかに書に対してねじくれた、我儘な考えを持っているかが明らかになって、我ながら嫌気がさしてきた。いったい私は、字がうまくなりたいのか、なりたくないのか。「巧い字」とはすなわち、形のいい字のことであり、形の整った字とは、つまるところ『五体字類』にあるような形の文字のことにほかならない。

先に書いた、「文字なら物心ついた頃から書きづめに書いている」というその「文字」だって、書いたその大半は鉛筆、ボールペン、万年筆で書いた文字であり、ワープロで書いた文字すら暗に勘定に入れている。そんな文字を盾に、今さら人に字を教わりたくないなんて、牽強付会の逆ギレも甚だしい。そのちょっと前に自分で、筆ペンすら筆とは違うなんて書いておいて、何をいっているのだ、私は。

本当に良い字が書きたいと思うなら、楽しくないとかじれったいとかいわずに、黙って臨書に励むべきである。そういう努力はしたくないが自分の字が嫌いとは、幼児のだだをこねるに等しい。さもなくば自意識過剰である。

字について語るのは、おのれを語るに等しい。自分の文字を嫌うとは、とりもなおさず自分自分を嫌うことであり、人に倣ったり矯正されるのを嫌うのも、造形能力の欠落も、落ち着きがないのも、すべて私の字に関わることであり、同時に私のありように関わることである。

私の字を、そう悪くないといってくれる人もいる。お世辞でもありがたいと衷心から思う。そういう人がいなければ、字を書くことはできないだろう。しかしそういわれて自分の字を見直してみても、やはり好きにはなれない。

# 王羲之

上野に王羲之《おうぎし》の書を見に行って、へろへろになって帰ってきた。平日木曜日の昼下がりに行ったのである。にも拘らず黒山の人だかりなのだ。そもそも東京国立博物館の館内に、素直に入らせてもらえない。四列の行列のどん尻に立たされて二十分お待ちくださいという。これには驚いた。木曜日の昼でこれだったら週末はどうなっているのだろう。

入る前からこうなのだから、中へ入ったら推して知るべしで、芋を洗うようとはあのことである。老若男女が押し合いへし合い、展示のガラスにへばりつかんばかり。実際へばりついた奴がいたと見えて、ガラスには鼻の脂がところどころ残っていた。展示のないところだって隙間は空いてない。くたびれ果てた見物客がソファを占拠して各人各様に茫然自失している。二月にしては暖かい日で、書を見ながら額にうっすら汗をかいているのは私ばかりではなかった。なんだあの人気は。なんなんだあの人の群れは。博物館の前でオッサンが二人、立ち話しているのを耳にした。

「王羲之のニセモノ見たってしょうがねえや」

オッサンはよく知っている。周知の通り王羲之の真筆というものは、戦火に消えたり皇帝が自分の墓の副葬品にしちゃったりして、今は一個も残っていない。紀元四世紀の人なんだから仕方もない話だ。私を含む見物客のすべてがそのことを知っている。本物をソックリに書き写したものや拓本を見るために、館外で二十分待って汗をかいているわけで、オッサンに小ばかにされてもしょうがないのかもしれない。

それにしても混んでいた。今次王羲之展の主催は毎日新聞社とNHKで、どちらもさかんに宣伝をしていたから、その効果があらわれたのだろうか。しかし同じ上野の美術館で同時期にやっていた、やはり新聞社とNHK主催の「エル・グレコ展」はさして混雑していなかったというし、宣伝をすれば何を見せても大入りとはならない。やはり書道人口の多さを如実に示しているのだろう。

書道というかお習字の、これは基本中の基本のことなので、今さら書くのが憚られるのであるが、このエッセイの担当編集者が知らなかったので書いておく。習字で「永字八法」という。トメ、ハネ、ハライなど、習字の基本的な書きようを学ぶのには、「永」の字を書けるようになるのが最も良い、と、書道の先生はみんないう。これが「永字八法」なのだが、この永の字は、どこにでも転がっている永の字ではない。というか、トメハネをおぼえるならば、他の文字（「氷」とか……？）でもいいはずなのに、なんで「永」なのか。それはまさに、王羲之の代表作「蘭亭序《らんていじょ》」の最初の文字が、「永」だからなのである（この件はすっかり石川九楊氏の著作で読んだ話）。

ほかはともかく、ということもないけれど、私はこの「蘭亭序」の「永」の字を見にいったといっても過言ではない。そういう人も、あの群集の中には多くいたのではないか。そして見た。本物じゃないやつを。

永和九年歳在癸丑暮春之初會于會稽山陰之蘭亭

云々と書かれてあった。それは美しい文字だった。だけど、習字の教科書に載っている写真と同じだった。

私のようなゴリラ人間が王羲之を見るなど、豚に真珠のたぐいなのだろう。かつて小林秀雄がゴッホの複製を大切に持っていて、後年その本物をヨーロッパで見た時、複製を見たときの感銘を追認したようなものだった、という意味のことを書いているが、私の王羲之見物も、同じようなものだったのかもしれない。

豚に真珠ついでに書くけれど、だいたい私は名筆とか書聖といわれる人の字に、時おり食い足りないものを感じていた。書そのものについてではない。書聖の書は美しい。それは私も感じることができる。けれども問題は、その美しい筆で書かれた文字が、何を書いているかなのだ。それこそ習字の教科書にあるような文字を見ると、美しいには美しいのだが、文章としてはまったくどうということのないものがある。

「行穰帖《こうじようじよう》」という巻物がある。王羲之展の目玉のひとつであった。これは王羲之の真筆を精巧に模したものに、後世の書家が釈文や跋文《ばつぶん》を加え、さらに清や北宋の皇帝の印が、いくつもいくつも捺してある、長大にして華麗な書である。ところがこの、十メートルくらいある巻物のうち、王羲之の手を模した書は、最初の二行十五文字だけ。それは、

足下行穰九人還示應決不大都當佳

という字……らしい。読めぬ。じっくり見ても読めるのは九、人、應、不、大、くらいで、「行」などは縦棒が二本、やや末広がりに並んでいるだけである。凄まじいのは最初の二文字で、「足」の字はひらがなの「え」をぴょろりと書いて、太目のナメクジのようだし、「下」という字に至っては「旧跡」を示す地図記号みたいに、テンが三つ打ってあるだけだ。まず文字に思えないし、思えといわれてもせいぜい「山」という字にしか見えない。

やはり偉い人は違う。こんな草書の字でも読めるんだから大したものだ。そう思ってこれら十五文字に続く文章を目で追っていくと、それ以外の皇帝や文人の書いた字は、理解はできないけれども、行書だから読める。清の乾隆帝《けんりゅうてい》の書いた跋文に続いて、一行あるから見ると、行書でこう書いてある。

足下行穰九人還示應決不大都當佳　其昌釋文

ナニッと思った。「其昌」とは董其昌《とうきしょう》という人の名前だそうだ。それはいいけど、釈文？

文の解釈？　これはこう書いてあるんですよ、ってことが、改めて書いてある。

ってことは、昔の偉い人だって読めなかったんだ。読めない人だっていたんだ。私が読めなくたって、恥ずかしがるには及ばない。

それはそれとして、今私がいいたいのはこの十五文字の意味である。足下行穰九人還示應決不大都當佳とは、一体なんの話なのか。図録の現代語訳には、こうあった。

あなたは領内の作柄を視察に行かれました。そのうち、九人が帰り、あなたの指示を伝えてきました。そのように決めてよいかどうか、ということですが、おおむねそのようにしてよいでしょう。

（「行穰帖」）

なんだい。単なるビジネス・レターじゃないか。内容空疎である。美しい字で書くのなら、もっと立派な文意がなきゃならないのではないか。立派な文字では、立派な文章、「文武両道」とか「上善如水」とか、そういう文章をどばんと書くべきではないのか。文字さえ美しければ内容は薄っぺらでもいいのか。そういう、シニフィアン（ことば）に淫してシニフィエ（ことばの示すもの）を疎かにする傾向が、書にはあるんじゃないのか。そこが私には、食い足りないと思えていたのである。

思えていたのである。過去だ。今は違う。

人いきれと足の疲れで、展示をすべて見ることはできなかった。それでも人の流れの間隙を縫って、すっとガラスの真ん前に立てたところもあった。予備知識ゼロで読めない文字の前に立つのは寂しいものである。どう感じたらいいか判らない。それでも美しさを感じる。しかし、ほかに表現の在庫がないときの「美しい」とは、なんとつまらない、情けない言葉だろう。ゴリラ人間。

ゴリラ人間は、ゴリラとして今さっき体得したものだけを手がかりに、展示の前に立つしかない。「行穰帖」の釈文によってゴリラは、読めなくてもいいということを手に入れた。そこで無理して理解しようとしないで、ただ字を見る。読めない文字は図形である。意匠だ。そのうち、読める文字もあえて読まず、文字の中の動きをなぞりながら見るようになった。

書は運動である。どの教科書にもそう書いてある。それを私は、自分で書くための教えだと思っていた。人の書を見るときに運筆を見るのも、自分が書くときの参考、ないし練習のための心得だと思っていた。そうではなかった。書は運動の現場なのである。今運動しているのである。出来上がって紙の上に定着した文字として見れば、なんて書いてあるんだろう、何を意味しているんだろう、と考えるしかなくなり、せっかく苦労して読んだんだから、それなりの意味を持っている文字でなければ、読んだ甲斐がない気がして不満が残る。けれどもそこにある文字を、目でも指でもなぞっていくと、そこにはリズムの独特があり、スピードの妙があり、強弱の配慮があり、力の溜め、力の抜き、遊びからアクシデントまで見えてくる。ゴリラ人間にすら容易に見ることができる。心得のある人にはなおよく面白さが広がるのだろう。知識は快楽を深く大きくしてくれる。

リズム、スピード、強弱。書は音楽に近しい。ひと文字ひと文字の音楽的な成り立ちをなぞり、それから一歩しりぞいて全体を見ると、そこにはフォルテありピアノあり、クレッシェンドもディミヌエンドもあれば、転調も和声もあるのが見える。音楽の楽譜は音そのものではないが、書は楽譜であり音楽なのだ。

そう考えると、臨書の意味も素直に呑み込めてくる。楽譜を見て演奏をし、修練を重ねることで、演奏者自身の音楽になっていくのと、それはおなじ道程なのだろう。バッハを演奏するカザルスはバッハではない。しかしカザルスがバッハの真似をしているという人間はいない。バッハを弾くカザルスは、余人の及ばぬ偉大な、そして独特な音楽家である。カザルスばかりでない。誰もが自分の音楽を立ち現れさせるために、過去の音楽をなぞる。臨書も同じだ。というか、それが臨書だ。

しかし、音楽にシニフィエがないのだから、書にも文字が指し示すものは、なくてもいいのだろうか。あっても、それはビジネス・レターで充分なのだろうか。デザインとして、音楽として立派なら、文意はどうでもいいのか。「仏界易入、魔界難入」とか、そういう文章じゃなくても、有難がらなきゃいかんのか。人間そう簡単には、ゴリラから抜け出ることはできないのである。

私が人ごみを掻き分けて見ることのできた王羲之の書は、殆どが書簡であった。四世紀の人なのに、王羲之の手紙は六百数十通も伝えられているそうである。字義通りの断簡零墨だが、考えてみれば模写であろうと物凄い話で、時代的に見ればこれは、新約聖書の初稿のコピーがあるようなものである。けれどもやっぱり内容は私信で、書聖であっても聖書ではない。つまんねえこと書いてんでやんの、と思いつつ、それでも見ているうちに、「淳化《じゅんか》閣帖《かくじょう》」という拓書が幾種類かあって、そこに現代語訳がついていた。

七月一日、羲之申し上げます。にわかに秋になり、感慨深いものがあります。使いの者が帰り、先月七日のお便りを受け取り、あなたが病気になられていることを知りました。暑いさなか、遠くまでおでかけになられたとか。あなたのことをとても心配しております。私は相変わらず疲れております。不尽。王羲之申し上げます。

（「秋月帖」）

どうということもない病気見舞いである。たまたま人が少なく、ゆっくり見た。見ているうちに私は、こんなことを考えるようになった。

もし私が病気で、遠くにいる能書家の友人からこんな手紙を貰ったら、どんなに嬉しいだろう。王羲之の自筆だぜ！　などという下品な根性ではない。ただこれだけの内容の手紙が来ただけでも嬉しいが、これは誰の目にも明らかな、流麗たる芸術作品である。友人の気遣いを文に読み、なおかつ書の流れを追う楽しみ。勢いの味わい。くずしようの面白味……。でっかい半紙に「病気平癒」なんて書かれてあるのを贈られるより、このほうがずっと友誼《ゆうぎ》を感じられるのではないか。

美しい文字が、揮毫である必要などまったくない。立派な言葉を書かなければならないなんて、幼稚な考えだ。むしろどうということのない私信がこのように綴られていることに、私は胸をうたれた。文字の音楽に玉座はいらない。遍在すればするほどいい。

# 芸術と肉体

長い貧乏暮らしから、今はやや解放されている。人生は何が起こるか判らないのだから、いつまた金に苦労することになるかしれないが、今のところは何とかなっている。そこで数年前から、子供の頃に習っていたチェロを、四半世紀ぶりに練習するようになった。

高校までは、まあ専門的に習っていた。どの道も厳しいが音楽の道も専門家を目指すとなれば易々としたものではない。その厳しさに堪えきれずドロップアウトしたのだから、結局は私は音楽の道の険しさを本当には知らないわけだけれど、それでもその片鱗は多感な時期に垣間見たので、今でも音楽となると眉間に皺が寄る。

弦楽器は、ただ音を出すだけなら、さして難しくない。だがきちんとした音を出すのは大変である。きちんとした音とは、つまり正しい音程の音ということだ。ドレミファソラシドがきちんと弾けなければならない。歌でいわれる音痴というやつは楽器にもある。CDやプロのコンサートでは、皆当然のように正しい音程の上に音楽を作っているけれど、アマチュアの弦楽器演奏に音痴はざらにある。音痴が常態だとさえいいたい。

とりわけヴァイオリンやチェロなどには、ギターのフレットのような、弦を押さえる箇所を指示するものがない。楽器に慣れ、音感と左手の位置で押さえるところを身につけていくしかない。チェロの場合は、そもそも弦を押さえるのに辛抱が要る。三味線の稽古などは血が出るまでやるなどという話をよく聞くが、チェロの弦を押さえるのにも、初めは指先を切ってしまう人もいるのかもしれない。私の指は馬鹿みたいにでかくて頑丈だから、痛むことはあっても出血まではしなかった。ただ指の皮は厚くなり、今でも何度となく剝ける。剝けるたびに皮は厚くなる。成長期に習っていたせいか、私の指は左手の方が右の指より少しばかり長い。

ピアノでもピアニカでもアコーディオンでもいいが、とにかく鍵盤を見たことのある人なら、そこに白鍵と黒鍵が、規則的に並んでいるのを知っている。白鍵ばかりをドから押していくと、ドレミファソラシという音階になる。ドからシまでの七音の間に、黒鍵が五つある。つまりひとつの音階の中には、音が十二あるということだ。ドレミファソラシドの、初めのドから終わりのドまでの周波数を十二等分してある。これを平均律という。音階はこの十二音から七音を抽出したものということになる。そして、ひとつの音と次の音の間隔のことを、「半音」という。いったい私はなんの話をしているんだと思っておられる方もあるだろう。この話はまだ続くのである。

十二音から七音を抽出しているのだから、音階は等間隔にはなっていない。もう一度、鍵盤を思い描いて貰うと、白鍵のミとファと、シとドの間には、黒鍵がないのが判る。ミとファの間、シとドの間は半音である。それ以外の音同士の間隔を「全音」という。ということは、ドレミファソラシドに音の間隔を書き加えると、

ド―（全）―レ―（全）―ミ―（半）―ファ―（全）―ソ―（全）―ラ―（全）―シ―（半）―ド

となる。

たかだか音階の話ひとつで、どうしてこんなにややこしくなってしまうのか。理由は明白である。音階などというのは、文章で書いたり読んだりして覚えるものではないからである。上記のようなことは、ピアノの前に座りさえすれば、幼稚園児でも理解できる。ただ今私がやっ

ているような、文章で表現したり、いちいち認識したりしないだけである。鍵盤の上に指を置いて、ドーレミファソラシドーと弾けば、弾いたということ自体がすなわち理解したことになるのである。それを無理くり文章で書き表そうとしているから、こんなことになる。

ではなぜ今私がそのややこしいことをしているかというと、チェロで音を出すという話をしたいからなのである。そこで話題はいきなり左手の指のことに移る。机の上に左手を置いてみる。すると親指と人差し指の間は広いが、それ以外の指は、だいたい同じくらいの間隔で離れている。チェロの演奏ではこの、指の等間隔性（こんな言葉があるかどうか知らないが）を使う。

左手を弦の張ってある棹に置き、親指は棹の背後に回し、残りの四本指を弦の上に置くと、だいたい同じくらいの間隔が得られるわけだ。そしてチェロにおいては、隣の指との間隔が、半音にほぼ等しいのである。

チェロの一番低い弦は、押さえずにそのまま弾けばドの音が出るように定められている。これを「開放弦」という。二番目に低い弦はソである。そのあいだのレ、ミ、ファは指で押さえて音を出す。ドとレの間は全音。だから人差し指は開放弦から全音ぶん離した位置を押さえる。レとミの間も全音。人差し指の次に中指を使っては半音になってしまうから、人差し指の次は薬指で弦を押さえる。ミとファの間は半音。よかった、ちょうどこちらの左手にも、もう小指しか残されていない。そしてソは隣の開放弦を弾けばよい（むろんこの時点でドの上にある左手の指はすべて放す）。ソとラは全音だけ開いているから、人差し指を開放弦から全音ぶん離した位置に置く。ラとシも全音。中指を飛ばして薬指を使う。シとドは半音。助かった。左手にはもう小指しか……。そう。ソからドまでは、ドからファまでと同じ指を使えばいいのである。

これができればチェロでドレミファソラシドは弾ける。もちろん、なかなかできない。「きちんとした音」を出そうとすれば、音階だけでも大変な努力を必要とする。あえて傍点を付けたように、指の間隔はあくまでも「だいたい同じ」にすぎず、人によって形も癖も違うものだから、それを矯正して音を探らなければいけない。そして音は、探ってはいけない。ピンポイントで「きちんとした音」に当たるようにならなければいけない。また、何度繰り返しても常に同じ音が出せなければいけない。

音階は演奏の基礎中の基礎であり、もう上手になったから音階は練習しなくていいということには、決してならない。現代日本最高のチェリスト堤《つつみ》剛《つよし》氏は、八歳でリサイタルを開き十五歳で日本音楽コンクールの特賞受賞という天才だが、その後渡米してヤーノシュ・シュタルケル氏に師事した時には、音階ばかりを毎日弾かされたという。

左手の、音階の、ごくごくサワリだけ書いて、これだけのことがある。右手には弓を持つ。弓は弦よりも難しい。持ち方、力の入れ方、弓の先端での演奏、持ち手近くでの奏法、長く音量を保つ方法、弓を返す時の手首の動き。ただ列挙していくだけでもきりがない。

さて、私は何を書いているのか。チェロは難しいという話をしているのか。そうではない。身体で覚えるべきことを文章に書き記すことの煩雑さを実験しているのか。それも違う。

私は書のことを思っている。文学や美術、芸術のことを思っている。


音楽の演奏は、精神からは始まらない。それは音階から始まる。そして音階の習熟に至る。その過程に魂はない。どんなものにも「心」だの「精魂」だのを持ちこまなければ気がすまないというのなら、音階もまた、その習熟に至る努力には「精神力」が必要だ、などという話になるかもしれないが、その精神力の結果、出せるようになる音はドレミファソラシドである。

音楽を愛する父親が一念発起、ピアノを習い始め、娘のために流行のバラードをたどたどしく披露する、といった、テレビでたまにやっているようなささやかな感動ストーリーは、家族の物語として美しいものだが、その音楽がたどたどしいことはまぬかれえない。

音楽がたどたどしいにも拘らず、父娘の物語がなぜテレビ番組という商品として視聴者に届けられるかというと、それは感動ストーリーを売っているからである。あくまでも主は父娘であり感動であって、音楽は従である。感動という抽象概念を売り物にするために、音楽という具象ないし現象が道具に使われている。この物語で誰も音楽に感動しようとは思わない。音楽と感動は分離しており、分離が前提である。

こういう判り易い感動ストーリーに限らず、音楽が道具に使われるのは、頻繁に見られる、見せられる光景である。たとえばテレビにしょっちゅう出てくる「アイドル」という職業人がいる。あの人たちがやっていることはどう見ても音楽だけれど、アイドルを音楽家として見るのは、もはやそう見るこちらが馬鹿である。馬鹿といって悪ければ認識不足といってもいい。アイドルは歌を歌い、歌に合わせて踊る。けれどもその歌がどのような音楽であるかを考えたり鑑賞したりするのは、アイドルという職業が供給する娯楽の一部分にすぎない。アイドルたちは、どんな曲を歌うか、どんな振り付けで踊るかということに加えて、何を食べるか、どんな趣味があるか、誰と仲がいいか、どんな失敗をしたか、どういう束縛を受けているか、といった、私生活とおぼしき情報を供給する、その総体が「アイドル」なのである。

もちろん、それはそれでいい。楽しい。アイドルの楽曲は通俗的だから音楽ではないなどというつもりもない。むしろ私はテレビを見ながら、「アイドルって私生活の切り売りなんかしないで、歌だけ歌っていてくれたらいいのになあ」と思っている。

しかしそれがアイドルだろうとお父さんだろうとウィーンのヴァイオリニストであろうと、「一生懸命歌いました」といったたぐいの付け足し、もしくは言い訳の通用しないのが音楽である。技術のなさを糊塗できるような「魂」や、音程も理解できないまま人の心を動かせる「心の叫び」などというものは、音楽には存在しない。もしそのように感じられる「感動」があるとしたら、それは音楽に衣を借りた別の何か、たとえば「人生」とか「生きざま」とかいったものだろう。

書も同じではないのだろうか。美術も、文学も、同じではないのか。芸術とは美のイデアを求める営為であって、心や人生とは位相の違う場所にあるのではないのか。

このように自問する私は、「美を求める営為」を、「心や人生」とはことなると考えていることになる。

さらに、先に書いたチェロの演奏と左手の指のことを考え併せてみる。すると左手の指、すなわち「肉体」は、「心や人生」より「美を求める営為」に加担するものだと、私が考えていることに、なりはしないか。それは私の、一種傲慢な考えではないか。人生に切羽詰まった困難のない、肉体に大きな不足のない今現在の私の、エリートじみた美意識にすぎないのではないか。

哲学者ルートヴィッヒ・ウィトゲンシュタインの兄、パウル・ウィトゲンシュタインはピアニストだった。第一次世界大戦で負傷し、右腕を失った。以後ウィトゲンシュタインは左手のみで演奏活動を続けた。彼のために書かれたものでは、モーリス・ラヴェルの「左手のための協奏曲」が有名だが、ほかにもヒンデミットやベンジャミン・ブリテンが、左手のためのピアノ音楽を書いている。

録音が残っている。ノイズがひどいが、優雅で官能的な音である。ウィトゲンシュタインのピアノが十九世紀末の趣を残す品格を持っていることと、彼の右腕が失われたこととの間には、どのような関係があるだろうか。

盲目のピアニストがいる。聴覚に異常のある作曲家がいる。そういった人たちの多くが、自分の肉体の条件を喧伝《けんでん》されるのを好まない。なぜ好まないのか、五体満足な私には知りえない。自己の肉体を覗き込まれたくないというのは、音楽家に限ったことではないだろう。これこれのハンディキャップがあるのに、こんなにも弾けた、という条件付きの賛辞など、差別と大きな違いはない。

否定的な評価にも、これはあてはまる。音程が定まらなかったり、指が音楽に追いつかなかったりすれば、音楽は成り立たない。不充分な演奏技術は、音楽を音楽にしない。そこに肉体の条件や人生物語は無関係である。目の見えぬピアニストの演奏が未熟であれば、それは目の見えるピアニストの未熟とまったく同等に、しりぞけられることになる。

だから私は、人前でチェロを弾きたくない。ピアノはなおのこと弾きたくない。字も見せたくない。絵など絶対に描きたくない。私がチェロや書に、ほんの少しでも習熟しているのなら別だが、実際には習熟にはほど遠い。「四半世紀ぶりに楽器を持ったわりには弾けている」などと人に思われるのはいやだし、まして自分に向かってそんなことはいいたくない。

音楽が演奏されるときには、音楽が聴かれてほしい。私の演奏も例外ではない。だが悔しいことに、私の演奏は音楽を聴かせるにはほど遠い。楽しい趣味の音楽、というのは、私にとって、一種の悟りのような、遠い憧れの境地である。

# 文章について

# 言葉

太初《はじめ》に言《ことば》あり、言は神と偕《とも》にあり、言は神なりき。この言は太初に神とともに在り、萬《よろず》の物これに由《よ》りて成《な》り、成りたる物に一つとして之《これ》によらで成りたるはなし。之に生命《いのち》あり、この生命は人の光なりき。光は暗黒《くらき》に照《て》る、而《しか》して暗黒《くらき》は之を悟《さと》らざりき。

（「ヨハネ伝福音書」第一章）

いつ読んでも恐ろしい言葉だと思う。

私の手許にあるのは幾種類かの聖書ばかりで、聖書についての解説も説教集も読んだことがないから、これがキリスト教にとってどういう意味なのかは知らない。恐らくだが、ここで神であるという「言」とは、例の天地創造の時に神様がいったという「光あれ」という言葉のことではなかろうか。いわれてみれば確かに、光がなければ成りたる物にひとつとしてこれによらないで成りたるはないわけである。しかしこれは私が気を回して考えた思いつきで、それが正解とはヨハネ伝のどこにも書いてない。そういうところが聖書のいやらしいところで、後代のトマス・アクィナスとかマルティン・ルターとかそんな人たちが（知らないけど）、聖書にこう書いてあるのはこういう意味である、コッチのこの言葉はアッチのあの言葉についていっている、なんて、書いた当人でもないくせに、あたかも「こう読むのが正解」というがごとくに解釈をつける。その解釈が年月とともに積み重なっていく。そうなってくると聖書を書いてある通りに読むなんていうのは、幼稚でカワイそうな読み方になってしまいかねないのである。そしてトマス・アクィナスもルターも名前のほかに何も知らない私は、家にある聖書をそのまんま読むしかないのである。本当は気を回したりする必要もないし、何かを思いつく資格もない。無知ゆえに幼稚な読み方をするのが一番正直なんである。

ヨハネ伝では右引用句の直後にヨハネが登場してイエスがキリストだと証明するらしいのだが、なんで言葉の話のあとにヨハネが現れるのかも判らないし、私には関係ないから無視する。無視して引用句のことだけを考える。「言」が「光あれ」のことじゃないのかな、というような思いつきもやめる。するとこれは、実に気持ち悪い、恐ろしい言葉に見える。なぜならこれは、神の遍在を語っているからだ。「言は神と偕《とも》にあり、言は神なりき」とは、つまり言葉のあるところ、神在り、ということではないか。

母方の祖父がキリスト者だったので、生きているうちに訊いておけばよかったと悔やまれるのであるが（しかし訊けなかっただろう。恐い人だったから）、キリスト教の神様が、単体でどっかに存在するのか、それともどこにでも存在できる「超存在」みたいなものなのかも、私は知らない。一神教の神様というものを、イメージできない。だからこんな言葉が聖書にあると、びっくりしてしまう。

キリスト教に限らず、私が宗教を面白く思えないのは、宗教が何事かを無根拠に「正しい」と、思わなければならないからである。「信じる」とは、どこかで、「それには根拠がない」ということに依存している。だって根拠のあることを「信じる」とはいわない。根拠に基づいて真理と見なすのは科学であって、科学的真実というものは、同一条件下において同じ結果の出る事象でなければならないが、宗教でそのような事象はない。

無根拠なのはいい。私だって何事かを理由なく信じることはある。だが自分の信じることが「正しい」とは決して思わない。自分が何かを「正しい」と思ったら、よほど気をつけなければならないと思っている。それは別の何かを、正しくない、間違っているといって、排斥することにつながりかねないからだ。これは芸術のありようと考え方に関わる大事なところだと思うので、文学と芸術についての別項で書く。

何事かを正しいと思うことには慎重であらねばならないはずだ。そんな私の考えにとって、ヨハネ伝冒頭のこの言葉は、さらに恐ろしく心に響く。私は自分がこの言葉を、ああ正しい、と思ってしまうのを感じる。それは、とりもなおさず、この言葉のようでない世界の捉え方を、それは正しくないと、私が排斥していることを示している。この言葉の先には世界の多様性が、物事を解釈するさまざまな意見や印象や主張が、無限に広がっているのを私は知っているし、その多様性はもちろんのこと、個々の意見・印象・主張の存在する権利を、あたう限り認めたいものだと私はわきまえているのだが、ヨハネ伝のこの言葉の絶対性だけは、私にとって動かすことのできないものになっている。

そうだ、まったくその通りだ。初めにあるのは物ではなく言葉である。言葉が神とともにあったかどうか、神を知らない私には判らないし、言葉イコール神であるかどうかは、なおのこと知らない、というか、正直そこは疑わしい。今改めて聖書を開いて思ったが、「太初に言あり」というのは、「創世記」の冒頭に反してないか。神が初めにやったのは天地創造で、その天地が混沌としているものだから、「光あれ」といったと、「創世記」には書いてある。これを鵜呑みにするなら、ヨハネは「太初に天地あり、しかる後に言あり」と書かねばならぬ。

言葉の前に天地はあったかもしれない。だがそれは、神が善しとする以前の混沌であった。言葉以前の世界は、人間には及ばない世界である。従って人間にとっては、初めに言葉があった。ヨハネの言葉はそういう意味ではなかろうか。そして私も、人間と世界をそう捉える。人間が言葉なのではない。人間にとって世界を世界たらしめているもの、世界の中に人間を置いているもの、それは二重螺旋構造を持ったDNAではなく、言葉である。DNAはヒトという種を伝達するためにある。ヒトの身に言葉が後天的に与えられて人間ができる。このように考えることは、生まれて間もない赤ん坊や、言葉を理解する能力のない人間への差別につながるか。私はそうは思わない。人間とヒトとの間に優劣はない。それに人間は、ただ一人の例外もなく、ヒトから生を始める。ああ、一人だけ例外がいた。お釈迦様は生まれてすぐに、「天上天下唯我独尊」といったらしいから。

ヒトは言葉によって世界と関わりを持ち、世界と関わりを持つことによって人間になる。より多く言葉を持っていれば、それだけ関わりうる世界も多くなるが、関わってる世界が多いからその人は上位だ、少ないから下位だ、などということはない。たとえば私は魚の名前を大して知らない。鯛と秋刀魚の区別がつく程度である。鯛に幾種類あるかも知らないし、鯛を出されてこれは何鯛だといわれても答えられない。さて私は漁師や魚屋より下位であろうか。漁師や魚屋の中には、私のようにベートーヴェンの交響曲を聴いて、これは交響曲第何番の何楽章といえない人もあるだろう。私は彼らより上位であるか。鯛にも交響曲にも言葉を与えられる人間ですら、それをできない人間より上位であるとはいえないと思う。ただそのような人を私が尊敬する、そのような人に私が劣等感を抱く、というだけである。

それでも、よろずの物が言葉によって成っていること、言葉によらないで成っている物がこの世にひとつもないことは、人間にとって動かしがたい真理であると、私は考える。さらにヨハネは、言葉に命があり、この命は人の光である、と書いている。物は言葉で成り立っているが、その言葉にある命は人間の光だという。ここには、人間が認識しなくたって物は存在する、という意味が含まれているだろう。物が言葉によって成るとは、つまり人間の認識からみた話なのである。人間を超えた超越的というか俯瞰的というか、上から目線でヨハネ伝は書かれていない。私にそう読めるのは、この文句から「神」という項目をすっ飛ばして読んでいるからかもしれないけれど。そして神をすっ飛ばしては、聖書を読んだことにもならないだろうし、引用する意味もないのかもしれないけれど。

それでも平然と話を進めると、神をすっ飛ばしたとき、「人の光」とはなんのことになるだろう。それは字義通りの光である。太陽光線である。之に生命《いのち》あり、この生命は人の光なりき。太陽光線なしでは生命もないのだから、光イコール命というのは素直に頷ける。しかし「之に生命《いのち》あり」の「之」とは言葉である。ということはこの文句は、命と、光と、言葉を、まるっきり等しいといっているわけだ。そして私は、それを正しいと考え、そう感じ、また心底からそうと信じて疑わないのである。

世界が物質なら、人間は必要ない。人間が何事かを何事かであると認めるのは、言葉によるほかない。言葉によらないで何かを認めるのなら、それは人間であっても人間でないのと同じだ。

すべてが言葉である。

# 話芸

ある日の午後に仕事場の電話がぷるるると鳴って、声優の銀河万丈《ぎんがばんじょう》ですといわれたら、誰でも驚く。私も驚いた。

毎月一回、代々木八幡駅の近くのお店で朗読会を開いているが、そこで藤谷の『いなかのせんきょ』を朗読したいと思っているが、お許し願いたい、と、丁寧に申し込まれたら、なお驚く。感動のあまりアタフタしてしまって、

「銀河万丈さんて、あの銀河万丈さんですよね」

などと、どうしようもないことを口走ってしまった。思い出しても顔から火が出るが、無理もない。「ガンダム」も「タッチ」も「北斗の拳」も見ていない私でも、銀河万丈さんが現代

日本を代表する声優であることは知っている。声も知っている。

『いなかのせんきょ』(祥伝社文庫)は、軽い小説だが、私には思い入れのある作品だ。タイトル通り地方の村長選挙の話だが、第一にこれは、実話をもとにしている。私の伯父が北海道某所の村長選挙に出馬した経緯を、父から聞き、その父の話をほぼ踏襲して書き上げたのである。伯父はすでになく、北海道は遠いので、現地取材はしていない。ドキュメンタリーを書くつもりは最初からなかった。ただ田舎の様子は見ておこうと思ったので、村を探して一泊旅行をした。それは長野県の栄村であった。小説を書き上げて数年たって、東日本大震災の直後に、大きな地震に見舞われた。偶然立ち寄っただけの土地だが、ひそかに心を痛めた。

第二にこれは祥伝社から初めて依頼された書き下ろし作品である。それまで私の小説は、小学館からしか出ていなかった。私をデビューさせてくれた編集者に、小説を出してもらっていただけだったのである。小学館以外の出版社から依頼があったのは嬉しかった。ちょっと認められたような気がした。エンタテイメント小説を一生懸命書こうと思った。その後、さらにほかの出版社からもお声がかかり、祥伝社でもさらに二冊、小説を出してもらえるようになった。その口火を切ってくれたのがこの『いなかのせんきょ』であった。

そして第三に、実はこの小説は、いつかどなたかに朗読して貰えたらと、ひそかに望んでいた作品だったのだ。そのように書いたのである。

さて本日より申し上げまするのは、深沢清春《ふかさわきよはる》の村長選挙というお話でございまして、これは次期村長に担《かつ》ぎ出されたはずの深沢清春が、どういうわけか孤立無援の選挙戦を闘わなければならなくなったという、奇にして妙なるお話でございますが、本日はその序段でございます。

これが『いなかのせんきょ』の冒頭で、この小説は最後までこの調子で続くのである。講談のような感じだが、私のつもりはちょっと違う。これは三遊亭円朝の速記本を模したつもりなのである。

さて申上げまするお話は、塩原多助一代記と申しまして、本所相生町《ほんじよあひほひちやう》二丁目で薪炭を商ひ、天保の頃まで伝はり、大分盛んで、地面二十四ケ所も所持して居りました。其の元は上州《じやう しう》沼田《ぬまた》の下新田《しもしんでん》から六百文の銭をもつて出て参りました身代でござります。

（三遊亭円朝「塩原多助一代記」）

三遊亭円朝といえば「怪談牡丹燈籠《かいだんぼたんどうろう》」「真景累ヶ淵《しんけいかさねがふち》」でお馴染みの、明治の創作落語家であり、こんにちでは明治初期の文学者の一人と見なされている。私にいわせればそれは過小評価である。円朝という存在がどれほど偉大であるか、愛読者や研究者は理解しているだろうけれど、こんにちまでの日本の小説家が、その偉大をどれほど直視したか、じかに対面できたかどうか、判らない。直視とはつまり、実作にあたって円朝の速記を、どのくらい意識しているのかということである。

そしてそれは、一流のストーリーテラーとしての円朝のことではない。優れたストーリーテラーなら、日本文学には誇るべき天才が幾人か現れた。私は吉川英治と宮部みゆき氏は、円朝に匹敵するか、もしかしたらそれ以上の天才だと思う。両者の作品があたかも芸術ではないかのように、文学の下位にでも置かれるかのように評価されているとしたら、日本文学は歪んでいる。

しかし円朝は日本のストーリーテリングの始祖ではないし、私が考えている円朝の偉大はそれではない。文章である。

ストーリーを重視する小説家もそうでない小説家も、文章で小説を書いている。これを当たり前と思うのは、私には不思議である。どうして今の日本に、このような文章があるのか。なぜ私たちは、このような日本語で文章を書けるのか。そのことを意識せずに書くのは、ただいつの間にかあてがわれた言葉を無批判で使っているに等しい。

だってみんな知ってるじゃないか。かつてはこんな文章で文章は書かれていなかったことを。江戸時代から明治の初めごろまで日本人は、文章というのは喋り言葉とは一線を画しているのが当たり前と思っていた。

青々《せいせい》たる春の柳、家園《みその》に種《う》ゆることなかれ。交りは軽薄の人と結ぶことなかれ。楊柳《やうりう》茂りやすくとも、秋の初風《はつかぜ》の吹くに耐へめや。軽薄の人は交りやすくして亦速《またすみや》かなり。楊柳いくたび春に染むれども、軽薄の人は絶えて訪《とむら》ふ日なし。（上田秋成『雨月物語』「菊花の約」）

それがあるとき突然、私が今書いているような文章が文章になった。明治のころだ。それもみんな知っている。言文一致、この言葉も知っている。さらには、なぜ「突然」文章が変わったかも知っている。明治維新だ。日本人はちょんまげをやめた。靴を履くようになった。電車や街灯が現れた。ライフスタイルががらりと変わったし、西洋の文化がどんどん輸入されてきて、どんどん感化された。江戸時代とはライフスタイルばかりでなく、頭の中も変わってきたのだ。頭の中が変われば文章が変わるのは必然である。

そこまではいい。だが実に多くの人々が、大事なことに目を向けない。「なぜ文章は、変わることができたのか」。文章を、変える!? やってみろといわれたって、とうていできるものじゃない。どこから手をつけていいかも判らない。江戸時代の書き言葉には、きちんとした規範がある。規範を学べば書ける。文章を変えるとは、それまでの規範をご破算にして、別の規範にしたがうということだ。しかも文章だから、新しい規範にしても、すぐに誰にでも読めるものになっていなければならない。ゼロから文法を作り直すことはできない。

言文一致というと、なんだか「話すように書く」ことだというイメージがある。けれどもこれまたみんな知っている通り、文章というのは、話すようには書いてない。文章が話すように書くことなら、私たちはよっぽど注意して、理路整然とお喋りをしていることになる。そんな人はめったにいない。話すというのはもっと雑で、いい加減で、音声に頼っている。でかい声で喋ったり、イントネーションを工夫したり、表情や身ぶり手ぶりを加えたりと、文章では生かされない要素が、話し言葉には山ほどある。

つまり日本語の「書き言葉」と「話し言葉」のあいだには、実際には溝がある。言文一致がこれだけ当たり前になった今であれば、この溝を埋めるのに、そんなに苦労はいらないかもしれない。しかし「書き言葉」と「話し言葉」があれだけかけ離れていたとき、この溝は、けっこうな幅と深さがあったはずだ。ところが日本には、この溝に橋をかけて、行き来ができるようにしてくれたものがあったのである。それが「話芸」だ。

私は東京の寄席しか知らないが、あの寄席というのは奇妙なものだ。小ぶりな劇場になっていて、そんなに安くないお金を払って中へ入ると、舞台に座布団が一枚敷いてある。そこに人が一人座って、話し始める。話が終わると退場して、また次の人が座布団に座って、話して……退場……次の人……話……退場……。あいだには紙切りや手品や漫才やお神楽が入ったりするが、まず東京の寄席の八割は、座布団に座って話をするという出し物で占められる。しかもその人たちの話がどんな話か、客の何人かはもう知っていたりする。何度も聞いている話だったりする。

そんなもんの、どこが、とは、誰も思わない。それが面白くてしょうがない。聞いたことがあって、面白いところもクライマックスも結末も全部判っていて、それで面白い。私が同じ話を五回しても、誰も喜ばない。嫌がるのが普通だ。同じ話をいくらでも楽しめるように話す、寄席に出てくる人たち。彼らを噺家といい、彼らのするのを話芸という。

話芸は日本では当たり前にあるもので、それが高度な技術を要する芸であることも、日常会話の延長線上にはないことも、周知の事実である。だからその重要性にもなかなか気づきにくい。文学史における「言文一致の始祖」の一人が二葉亭四迷で、二葉亭に以下の有名な証言があっても、そこから話芸の重要性について考える人は少ない。

もう何年ばかりになるか知らん、余程《よツぽど》前のことだ。何か一つ書いて見たいとは思つたが、元来の文章下手《ぶんしやうべた》で皆目《かいもく》方角が分らぬ。そこで、坪内先生の許《ところ》へ行つて、何《ど》うしたらよからうかと話して見ると、君は円朝の落語《はなし》を知つてゐやう、あの円朝の落語通りに書いて見たら何うかといふ。

〔中略〕円朝ばりであるから、無論言文一致体にはなつてゐるが、ここにまだ問題がある。それは、「私《わたくし》が……でございます」調にしたものか、それとも「俺はいやだ」調で行つたものかと云ふことだ。坪内先生は敬語のない方がいいと云《い》ふお説である。自分は不服の点もないではなかつたが、直して貰はうとまで思つてゐる先生の仰有《おつしや》ることではあり、先づ兎《と》も角《かく》もと、敬語なしでやつて見た。これが自分の言文一致を書き初めた抑《そもそ》もである。

（二葉亭四迷「余が言文一致の由来」）

二葉亭の談話筆記はそれだけで国文学の研究対象になるもので、示唆に富む。ここに引用したところはとりわけ様々なことを考えさせる。本当はもっと引用したかったのだが、引用というのはすればするだけ人に読まれることが少なくなるから、我慢した。

まず二葉亭は、自分が「元来の文章下手」だといっている。これを字義通りに受け止める奴はいない。もちろん二葉亭には文章が書けた。書けたどころか、ロシア文学の翻訳で一世を風靡したほどの語学の天才だった。ただ、明治の新時代にふさわしい文章を書くための規範が見当たらなかった。その規範を、坪内逍遥の助言によって発見したのである。発見といっても二葉亭はすでにその存在を知っていた。それがすなわち円朝落語の速記である。

明治初期に西洋から日本に入ってきた無数の先進技術のひとつに、速記があった。録音技術のない時代に、速記はきわめて有用かつ重要な技術である。けれども会議や講演の速記などしたところで、なかなか世俗に広まらない。そこで考えついたのが、寄席で人気の円朝落語の新聞連載で、これは大当たりを取った。

つまり円朝は書いていない。また速記は円朝の芸をそのまま活写はしていない。速記者はただ円朝の口から出た言葉を書き写しているだけであるし、一説によると速記が広まると寄席の客が減るのではないか、また芸が盗まれるのではないかと案じた円朝は、速記者の前ではここぞという名場面はあえて控え目に演じたともいわれている。しかしそれらは今さして重大ではない。大事なのは円朝の話芸が速記によって「書き言葉」に変じたということである。放っておけば寄席の空気の中に消えてなくなっていた円朝の話芸が、紙の上にひとつの定着を見たということである。

長「ぢやアお久《ひさ》、宜《い》いか。久「お母《つか》さんによくいつておくれよ。長「あい、あい。と戸外《おもて》へ出たが、掌《て》の内の玉を取られたやうな心持《こころもち》で腕組を為《し》ながら、気抜《きぬけ》の為たやうに仲《なか》の町《ちやう》をぶらぶら参り、大門《おほもん》を出て土手へ掛《かか》り、山の宿《しゆく》から花川戸《はなかはど》へ参り、今吾妻橋《あづまばし》を渡りに掛ると、空は一面に曇つて雪模様《ゆきもやう》、風は少し北風《ならひ》が強く、ドブンドブンと橋間《はしま》へ打ち附ける浪《なみ》の音《おと》、真暗《まつくら》でございます。今長兵衛《ちやうべゑ》が橋の中央《なかば》まで来ると、上手《うはて》に向《むか》つて欄干《らんかん》へ手を掛《か》け、片足踏《かたあしふ》み掛けてゐるは年頃二十二三の若い男で、腰に大きな矢立《やたて》を差した、お店者風体《たなものふうてい》な男が飛び込まうとしてゐますから、慌てて後《うしろ》から抱き止め……

（三遊亭円朝「文七元結《ぶんしちもつとい》」）

この生き生きとした言葉が、語られるのではなく、文字になって現れたとき、明治初期の文学者にはそれが、自由そのものに見えたのだと思う。話の内容は時代がかっているけれど、この書き方ならどんなものでも描くことができると、二葉亭も、逍遥も感じたのではないだろうか。

しかしそれで話は終わらなかった。紆余曲折がまだあった。逍遥は二葉亭に、敬語はいらないと進言する。二葉亭はそのアドヴァイスに「不服の点もないではなかつた」といっている。先生がおっしゃっているのだし、まずともかく、と、敬語を廃したのが見切り発車であったかのような、奥歯に物の挟まったようないいかたをしている。

「余が言文一致の由来」には、坪内逍遥からは「も少し上品にしなくちやいけぬ」といわれ、徳富蘇峰からは「も少し言語を文章にした方がよい」といわれたが、二葉亭はどちらの意見にも不服だったと書いてある。漢語や古語を使わず、「どこまでも今の言葉を使つて、自然の発達に任せ、やがて花の咲き、実の結ぶのを待つ」とも書いてある。「ありふれた言葉をエラボレートしやうとかかつた」とも書いてある。

二葉亭四迷は、もし先輩に遠慮せず、自分のスタイルに正直であれたら、もっと円朝風に書きたかったのではないだろうか。そして、もし彼がそのように書いたら、日本語の「言文一致体」は、今と違ったものになったのではないか。

二葉亭四迷が一人で言文一致を創始したわけではない。それは判っている。けれども、現代日本語の「書き言葉」が、今と違ったものになった可能性について、まったく何も考えなくていいということには、ならないのではないだろうか。坪内逍遥が二葉亭にしたアドヴァイスは、ひとつは「敬語をやめろ」、もうひとつは「上品に」である。敬語をやめて上品にするとは、いい方は悪いけれど、つまり「偉そうにしろ」ということになりはしないか。明治の文学者だけでなく、たいていの日本の文学者は大学出のインテリである。そうと意識したわけではなかったにせよ、そこには、文学は上から下にものをいうものだ、という態度がありはしないだろうか。

私は、文学者は偉そうにしてはいけない、といっているのではない。偉そうでもいい。それは個性のひとつだから。しかし偉そうでない文学だってあっていい。円朝の速記は芸人の話芸で、少なくとも表面上はへりくだっている。へりくだった文章、自分をおとしめた文章だって、言文一致になりえたはずだ。今だってなりえるはずである。

村長選挙の話ひとつ書くのに、そんな大志を抱いてどうするとも思われそうだが、ありうべき言文一致の試みは、『いなかのせんきょ』を書いておしまいでもなく、その後『またたび峠』(小学館文庫)で試み、またぽつりぽつりと短篇小説を、落語や人情噺で書いたりもしている。この文章体では、いつか質量ともにしっかりした作品を書いてみたい。

『いなかのせんきょ』は長篇小説で、銀河万丈さんは朗読会の続きものとして、全篇を読み継いでいくそうである。もちろん私は欠かさず見に行く。こんな贅沢な歓びはない。

円朝の話芸に魅了され、言文一致のありように至り、円朝のように書いてみたいとひそかにこころざした小説が、当代一流の声優によって、話芸にフィードバックされる。

最初のうちはお客さんと一緒に聴きながらも、なんだか決まりが悪くって、赤くなって下を向いていたけれど、回を重ねるにつれて楽しく聴けるようになり、呆れたことにちょっとホロリとしちゃったりもしている。自作に酔っているのではない。書かれた小説を書いたのは私だが、語られる小説を語っているのは朗読者であり、朗読者の選ぶ解釈や抑揚、声の艶や存在感によって、それは小説作者のものではなくなる。作者である私も、語られる作品を「語り」として受け止めることができるのだ。作品とは作り手の所有物ではなく、それを受け止める人のものであるという、これもまたひとつの証左であるかもしれない。

# 俳句と短歌

小林恭二氏『俳句という遊び』『俳句という愉しみ』（ともに岩波新書）は、一流の俳人たちを集めて開いた句会の記録で、面白さが幾重にもかさなっている名著である。第一に俳句が面白いし、第二に小林氏や俳人たちの、句への批評が面白い。そして第三に、句会という遊びが、面白そうでしょうがない。あんまり面白そうなので、やってみたくてしょうがない。私の店で知人や常連を募って、句会を開くことにした。十二、三年前の話である。「フィクショネス句会」は、今でも細々と続けられている。

まず、おのおのが持ち寄った俳句を短冊に書く。文房具屋さんに売っている立派な短冊ではない。反古紙を細長く切っただけの、ぺらぺらの紙に書く。作者名は書かない。その短冊をありあわせの袋か何かに入れて、しゃかしゃかと振り、順番に袋から短冊を取り出して、紙に清記する。句の作者が判らないようにするのである。

参加者は自分が清記した句を読み上げ、全句が揃ったところで、選句をする。自作はもちろん選ばない。選んだら、ここからが句会である。各人が選んだ句を発表し、進行役はそれを記録して、採点していく。参加者は自分がどうしてその句を選んだか、どこがどういいかを批評する。選ばなかった人は批判することもある。自作は選ばないのであるから、つまり自作については批判したり、とぼけたりするのである。批評が出尽くしたかな、という呼吸で進行役が、作者どなたでしょう、と尋ねる。そこで初めて作者が名乗りをあげる。

俳句そのものの面白さに加えて、点を集める句、集められない句が明らかになる面白さ、人の意想外な批評を聞く面白さや、作者の名乗りの面白さなど、座の楽しみが句会には充溢している。極端な話、句会においては俳句そのものはさしたるものでなくても良い。句をめぐる座談が面白ければそれでいいのだ。座談の面白さを引き出したのは句の功績なのだから。

とはいえ駄句で高得点を望めるわけはない。いい俳句を作ろうとない頭を絞る。

俳句とは何かという大問題に私がこたえられるわけもない。しかし五七五という極端すぎる短詩形は、とにもかくにも自分なりの焦点を絞らなければ作れない。情景描写に集中するか、時間を切り取るか、感慨を彫琢するか。私は原則的にユーモアを目指すことにしている。俳諧の諧は諧謔《かいぎゃく》の諧である。

しかしユーモアに焦点を合わせると、なんでもかんでも笑わせればいいという、品のない愚句ができてしまう。

桜見てもうちよつと居る宇宙人
幾重にもやばいなりけり八重野梅《やへやばい》
アメリカンポルノ見ながら鍋喰ふ夏
墓掘りに墓の中から年賀状
スルメ噛まず含みてついにイカとなる
ついたちの春嵐にて家抜ける

しまいには「春菊に喧嘩売つてる猫人間」だの「しののめに牛がくれたる九千円」だのと、ユーモアというより錯乱状態の句が出てくる。これはよくない。

ユーモアというのは笑わそうとさえしてればいいわけではないのである。笑わす必要なんかないのである。何事かを見つめる視点をちょっと変える、その変えたことが示されれば、それが俳諧のユーモアというものだと思う。

とはいえ、頭ではそうと判っていても、実践はなかなか難しい。

雨降ると見せかけて降る春の雨
拳よりでかい痰出て風邪治る
青い目の老人パンツ一丁なり
見も知らぬ人に腹立て夏来たる
それ程の人と思はず名乗らぬ秋
来客の帽子を仮に冬とみなす

しかしこんなものでも、何年も作っているうちにだんだんと、ふさいだ心を一歩引いた目で見るようなものも作れるようになった。

鬱なればひたすら登る夜の坂

脳の止まる音する夜や百日紅《さるすべり》
本の山また本の山夏に病む
人間の世界に居りぬ蝮《まむし》かな
台風の遠い予感や目の痛み
包丁の光る夜道の牡丹かな

小説を書いている癖なのかもしれないが、完全に虚構の俳句もよく作る。

神隠し相次ぐ夜の桃《もも》輝く
寒村に幻視す秋の礼拝堂
死にかけの女優の渡る冬の橋
心は空洞春の真昼の人攫《ひとさら》い
旅人ノ扉閉ジタリ村ハ秋
いにしへの名ピアニスト鳩ニ羽飼ふ

こういう句はイメージではなく、言葉で頭に浮かぶ。それから絵をイメージする。そういう頭にできているのだろう。

こんな句を作って遊んでいるうちに、歌人で小説家の東直子さんと知り合うことができた。NHKの書評番組が初対面で、それからメールで句を見てもらったり、文庫の解説を書いていただいたりしている。

そのうちに東さんの短歌の番組に出演させてもらえることになったりして、こころみに歌も作るようになったが、俳句に輪をかけてつまらぬものしかできない。

煙草吸ふベランダの前の朝二時の松原通りを横切る狸
隣室の咳き込む妻は朝夕に柳ば包丁持つ妻に同じ
わたくしと同じ顔てふグリソーニなる人物をググる深更
階段の水溜り踏む音を聞く我が耳の奥に怯えたぐまる
積ん読の子規歌集読み笑みこぼるこいつどんだけ好きなんだ柿
居眠りの妻のこぼせしさいだあの畳に溶けて夏終わりたり
「コンサート全部眠って目がさめて元気に帰る人」みたいな猫

吾に買へと訴ふ無言の陋屋《ろうおく》の畳に残る足袋ぶくろかな

作ってつくづく思った。俳句と短歌はまるで違うものである。俳句は瞬発力がものをいう。じっくり添削するにしても、俳句はそこに瞬間的なモノであったり、コトであったりがすぱっと切り取られてあるかどうかが重要ではないかと思う。短歌は俳句に七七がついているだけ、とも思われるかもしれないが、この七七は句作に慣れた者には長い。いくらでも説明だの描写だのができる気がする。短歌をひとつ作るには、短篇小説ひとつ作るくらいの労力が要る。私には。

歌人が小説を書くことも少なくない。石川啄木から始まって、寺山修司、塚本邦雄、そして東直子。こうして名前を連ねてみると、彼らは皆、小説家の小説とは、どこか、何か違う感触の小説を書いている。何かがずれている。そしてそのずれは、常に美しい。

東さんがどうやってあの若々しい、みずみずしい短歌を発想し、作っているのか、訊いてみたいものだと、いつも思っている。それらしいことを訊いてもみたはずなのだが、東さんからうまく答えを引き出すことはできないでいる。方法論で作っていないのではないかと思う。彼女の小説にもそういうところがあるが、いわば無意識にできてしまうのではなかろうか。まさかそんなはずはないだろうけれど、彼女の歌や小説には、そういうプリミティブな、幼さの持つ凄みのようなものがある。

句も歌も、言葉を極限まで引き絞り、言葉のリズムに敏感にならなければ作れない。小説のような、原則的にはいくら書いても構わないようなものを書いてばかりいる私には、短詩の強いる言葉の彫琢に、しばしば喝を入れられる思いがする。

# 小説について

# すべて読め

こんにちドナルド・バーセルミはどれくらい読まれているのだろうか。

私がこの前衛小説家（この呼称はどうして今、どこか時代遅れの印象があるのだろう？）の名前を知ったのは、筒井康隆氏が雑誌『奇想天外』に連載していた書評によってであった。この連載はのちにまとめられて『みだれ撃ち瀆書ノート』（集英社文庫）という一冊になったが、私はどれほどこの本から教えられたか判らない。筒井氏は当時SF作家として知られていたし、『奇想天外』もSF雑誌だったが、この書評がSFという枠に限定されることはなかった（世間のイメージに合わせてこんなことを書くのは不本意である。SFには本来、枠も限定もない）。新田次郎も小林秀雄も取り上げて、筒井氏は自由自在に筆を執っておられた。この書評で私はハロルド・ピンター、藤枝静男、そしてドナルド・バーセルミという、いずれもその後の私にとって重要になる作家を知った。

筒井氏の評は私に影響を与えすぎたのではないかと思うこともある。氏が取り上げたバーセルミの小説は『死父』（集英社）という長篇小説だったが、これについて筒井氏は「バーセルミの最高傑作であろう」と書いている。で今も私はバーセルミの最高傑作は『死父』だと思っている。日本語に訳された作品は殆ど読んでいるしバーセルミは短篇の名手といわれているのに、やっぱり幾多の短篇より『雪白姫』や『パラダイス』より、『死父』が抜きん出ていると思えてならぬ。尊敬する人の下した評価に自分の評価がまるまる従ってしまうことは、意識している以上にしばしば起こっているようである。それを私は悪いこととは思っていない。ジェイムズ・ジョイスの後に書いているという、強烈な意識を持ち、小説のドラマ性、寓意性、官能性を排して、登場人物やストーリーらしきものがありそうな作品であっても（そういうものすらない短篇もある）、いわば物語のジョイントを外して、ふざけた無駄口や、味わいのない記述、雑誌や字引の引用などを積極的に取り込む手法によって、現代のノイズや無機質、人間や言葉の非人間性を描いた（ように私には見える）バーセルミの小説世界は、しかしはっきりと作品の出来不出来がある。それを見極められるだけの読む力を与えてくれたのは、筒井氏の、『死父』こそ最高傑作、という断言であった。

そのバーセルミに、ある忘れられないエピソードがある（『死父』とはなんの関係もない）。それは、小説を書くことと読書に関わる、重要な問題提起をしていると思う。

*Not-Knowing*という、バーセルミの死後にまとめられたエッセイとインタビュー集の序文をジョン・バース（この人もアメリカのポストモダニズム作家として知られた人だ）が書いていて、そこで紹介されているエピソードだ。バースがジョンズ・ホプキンス大学で教えていたワークショップにバーセルミがゲストで来ていた。学生が彼に、よりよい作家になるにはどうしたらいいでしょう？　と尋ねると、バーセルミはこう答えたというのである。

――君たちは恐らく、食うだの寝るだのといったことに、あたら時間を無駄にしているんじゃないか。やめちまいなさい、そんなことは。そしてすべての、前ソクラテス以来すべての哲学と、「ギルガメシュ叙事詩」以来すべての文学を読みなさい。美術も全部。あと政治その他についても残らず読むべきです。歴史上のありとあらゆることを、すべてを。

ジョンズ・ホプキンスの優等生たちがあっけにとられる姿が目に浮かぶが、これはどういうことだろうと、私はずいぶん長いこと考えていた。今もこれを書きながら考えている。どうせ私の考えることだから特別なものでも、深みがあるわけでもないが、バーセルミの言葉は彼の

「書くことと読むこと」についての、三種の原則を端的にあらわしていると思う。そして私は、その三つともに賛成である。――これもまた私がバーセルミから影響を受けすぎた結果でないとは、自分じゃ断言できないのではあるけれども。

ひとつは字義通りである。すなわち書く人間にとって、読むことは食ったり寝たりするよりも重要だという原則である。寝食とは生活と同義だから、つまり読書は生活体験よりも優位にあるというわけだ。バーセルミは知的な作家だった。それではこの原則はただ知的な作家にのみあてはまるものであるか。生活実感に基づく小説を目指す人間にはあてはまらない原則で、そういう人間は書を捨てて町へ出るべきなのか。私は違うと思う。

なぜなら人間は人間である以上、どんなに外界を遮断し他人との交流を避けても、そこには必ず生活が、体験が、実感があってしまうからだ。バーセルミは五十八で死んだが、食わず眠らずの人生だったわけではない。部屋に閉じこもって寝食を忘れ耳目をふさいで息だけしていても、二日もすれば腹が減る。食い物のある場所へ行かなければならぬ。その移動、その営為がすでにして生活であり体験である。

一方で読書はいくらでもしないでいられる。みずからも何かを書きたいと思っている人間が、避けることのできない生活には自分からさらに首を突っ込んでいくくせに、容易に避けられる読書をないがしろにするのは、第一に書物への侮辱であり、第二に従って自分の作品（書物）への愚弄であり、第三に、ただの馬鹿である。

ふたつ目の原則、それは、手っ取り早く物書きになるための、効率的な読書などはありえないということである。バーセルミはジョンズ・ホプキンス大学でジョン・バースの授業を受けているほどの学生であれば、皆それなりの読書家だということくらいわきまえていただろう。小説家になりたいとか、自分も何か書いてみたいと考えている人間が、まったくどんな本も読んだことがないとは考えにくい。なんかは読んでいる。相当な読書家であると、自他共に認める人もいるだろう。それでは足りない、とバーセルミはいっている。どっちかといえば読んでいる方だとか、読むべきものは読んでいるとか、読みたい本があるという程度では不充分である。すべて読まなければならない。

よく人から聞く台詞に、書いている時には読みたくない、というのがある。他人の書いたものを読むと影響を受けてしまって、似たようなスタイルで書いてしまう、あるいは書いてしまいそうになる、というのだが、甘っちょろい根性もあったものだ。一冊や二冊読むから影響を受けるのなんのという話になる。百でも千でも読めば、そんな優雅なことはいっていられなくなる。いっていられなくなるまで読むべきであろう。自分で書くのはそれからにした方が、恥が少なくてよかないか。

影響を受けた作家は誰ですかと訊かれることがある。カフカとガルシア＝マルケスですと答えることにしている。こんな質問に一回ごと真正面から向き合って、腕組みして考えこんだりしたら、質問者も迷惑だろうと思って、この回答をあらかじめ用意してあるのである。実際には、読んでも影響を受けなかった作家を数えた方が、まだ話が早いかもしれない。好きな作家は誰ですかという質問も同様である。好きな作家をなぜ好きか考えるより、嫌いな作家をなぜ嫌いか考えた方が、自分という人間の傾向を知ることになりはしないかと思う。

これと決めた作家の書いたものを、手紙や日記も全部読めと文科の学生諸君へ勧めたのは小林秀雄だ。確かに読書はそこから始めるのがいいと思う。全集第一巻の一頁目から、最終巻を経て、補巻の最終頁までざぶざぶと読んで読み切ったときの達成感は何ものにも代えがたい。その人の書いたものを読み尽くすとはすなわちその人をしゃぶり尽くすのと同じだから、初めはなんとなくただ好きだったり尊敬していただけの人間が、欠点もあれば失敗もし、読んでいるこちらのどうしても好きになれない一面も併せ持っているのが見えてくる。それは読書の大きな成果であるばかりではない。読者がそのまま「人を知る」という巨大な経験になる。だが、それだけでは足りないのだ。好きな作家をしゃぶり尽くしたあとは、読んで楽しめない作家、退屈な作家、とりわけ、なんとなく自分の趣味じゃないなと思う作家の作品に、自分からぶつかっていくことが大事になる。しかもそういう作家を、つまんなかったとただ放り出してはいけない。なぜそれを自分はつまらないと感じたか、どういうところが退屈か、どんな種類の拒絶反応を、自分は感じたのか、そして、自分ならどうやってこれを面白くできるかを考える。それは好きな作家を読んで感心するよりも、はるかに自分を知ることにつながるだろう。自分の作品を作ることにもつながるだろう。

だが、好きな作品や嫌いな作品を読むよりも、さらにさらに有益な読書がある。それは、自分とは縁もゆかりもない本を読むことだ。ミステリにしか興味のない人間が戦後左翼文学を読む。音楽にしか興味のない人間が編み物の本を読む。それがどんなに面倒臭く、今ここにある自分にとって面白味のない読書であるか、そしてその読書ののちに、どれほど自分の世界を広げていけることか、容易に想像がつくはずだ。すべてを読め、というのはそういう意味でもあるだろう。あなたがどんな人間であろうと、あなたより書物の世界の方が広大なのは明らかなのだから。

バーセルミの言葉に、私は第三の原則を見る。それは、少なくとも読書に関する限り、「よりよい作家になる」ための十全の準備を完了できた作家は、ただの一人も存在しないという原則だ。

すべてを読みおおせた人間はいない。すべてを読めといったバーセルミ自身も、碩学《せきがく》でしられる、たとえばライプニッツとか、ボルヘス、フーコーといった人々も、本当にすべてを読んだのではなかった。すべてを読むことはできない。ましてや私（や、あなた）は、一体何冊の、遂に読みえない書物を遺して、この世を去らねばならないのだろう。私たちは皆、未読の名著をあらかじめ約束されている存在なのだ。この悲しみを前に私はいつもため息をついてしまう。すべてを読もうなんてハナから思っちゃいないよ、などと、この真実を軽くあしらえるような人間には、この悲しみは理解できない。

## 小説なんか誰にだって書けるんだが……

小説を書くということについて、私は長いあいだこのように考えていた。すなわち、小説なんてずうっと座ってりゃ誰にだって書けるんだから、「ずうっと座ってる」という以上の小説作法は存在しないと。

小説とは何かという問いに万人の共有可能な答えは存在しない。誰もが自分にとっての小説を持っている。それは、誰もが「人とは違う自分」を持っているのと同じである。自分が人と違うように、自分の小説も人の小説とは違う。自分の小説がどんなものであるかは、人に訊いても答えは出てこない。それは自分で考えてひねり出すほかない問いである。また「自分の小説とはどんなものか」という抽象的な問いに答えが出なくても、実地に小説を書けばそれが自分の小説になる。自分で書いて自分が満足しないなら、満足するまで書くしかない。

満足できる小説を書くにはどうしたらいいかを、他人に訊くことはできるかもしれない。小説には技術的な側面も小さくないし、のめりこんでしまった自分には見えないところを、他人に客観視してもらうということもある。けれども技術も客観視も、自分の外にある智慧である以上、少なくとも究極的にはそれが自分の小説にとって正鵠を射ているとは限らない。それに他からアドヴァイスを受けたにしても、それを採用して書き直すのは結局自分である。つまるところ小説を書くには、ずうっと座っているしかない。

ずうっと座っていても書けない、という話をよく聞くが、それは単に座っている時間が短いだけである。一時間、あるいは二時間、座っていればいいというわけではない。書けるまで座っていればよい。書けるまで座っていると決めたら、書けるのは当然だ。そんなに座っていられないということであれば、つまり小説は書けない。私は書けるまで二十年座っていた。いうまでもなく座り詰めに座っていたのではない。用事があれば（たとえば出勤すれば）立った。

最初からこの「書けるまで座っていれば書ける」という真理が判っていれば、私ももうちょっと真面目に座っていたかもしれない。そうしてもうちょっと早く小説が書けたかもしれない。判らない。早く書けたとして、二十代三十代のうちにデビューできたとして、それがよいことであったかどうかも判らない。

私に小説の書き方を教えてくれたのは私の読んだ小説だけであり、人があしろこうしろといったのを、素直に受け容れたことはない。人のいった通りに書こう、などと思える程度の、柔軟なエゴイズムしか持っていなければ、私は金持ちにもなれただろう。有名人にもなれただろう。まったく自意識なんてものは、百害あって一利なしだ。小説だってマニュアル通り（小説にマニュアルはいくらでもあるようだ）書いていればいい……というのはただの愚痴だけれども。

とにかく私はそう思っていた。小説には書くよりほかに作法はないと。今でも原則は変わらない。当たり前であろう。だがつい最近、この原則にひとつ付け加えてもいい作法、というか、発想法を、自分がしているのに気がついた。これはもしかしたら、汎用性のある小説の書き方かもしれない。

それは「動機」を展開させて書いていく、という方法である。動機というのは西洋音楽の用語だ。ベートーヴェンの第五交響曲の、ジャジャジャジャーン！　という一発目のあれ、あれが動機である。あの交響曲の第一楽章は、全篇ことごとくがあのジャジャジャジャーン！　で出来ているといっても過言ではない。さらには交響曲全体にも、ジャジャジャジャーン！　という動機が用いられている。

驚嘆すべき単純さである。それなのにあの交響曲は、全然単調ではない。なぜか。動機が展開されているからである。最初のジャジャジャジャーン！　はハ短調だが、それを長調にしてみたり、小さい音でしてみたり、ホルンで吹いたり、他のメロディの伴奏にしたり、ジャジャジャジャジャジャジャジャ……ジャジャジャジャーン！　なんてたたみかけたりすることで、「ジャジャジャジャーン！」という動機の持っている可能性を徹底的に引き出して、大きな音楽を作っているわけだ。

私はしばしば、このやり方を小説創作に応用している。というか、応用していたらしい。意識してそうしてはいなかったが、結果としてこのやり方を使っていた。私の小説がベートーヴェンの音楽ほどうまくいっていないなどという断り書きは、当然を通り越して滑稽であろう。

このやり方はありがちな小説作法——登場人物はどう配すればいいかとか、ストーリーはこうやってヒネれといった、実用的に見えて結局はありきたりの小説を量産するための奴隷指南も同然のアドヴァイスよりは、まだましな創作のヒントになるかもしれない。

つまり、できるだけ小さなイメージなり文章から始めるのである。ほかのことは一切スタートラインに立たせない。「テーマ」もなければ「キャラクター」もない、「私のいいたいこと」

などを全然なしに始める。あるのはイメージ、または文章だけ。そこからどれくらい広げていかれるかに力の限りをつくすのだ。

イメージも文章も、どんなものでもいい。犬がいるというイメージでもいいし、花が咲いているでもいい。イメージを作ったら、それについて書けるだけ書いていく。どんな犬なのか。オスかメスか。何才くらいか。毛の色は。尻尾は。その犬はどこにいるのか。誰かに飼われているのか、それとも野犬か。飼っているのはどんな人間か。なぜ野犬なのか。そうやって犬という最初のイメージを「動機」として展開させていけば、たちどころに（というわけではないにせよ）小説はできていく。

イメージはしかし、殆どの場合が映像的だったり、漠然としているものだから、私としてはイメージよりも、文章を動機にするのがいいような気がする。私の小説に『いつか棺桶はやってくる』（小学館文庫）というのがあるが、この小説の起点になるものは、冒頭にあるひとつの文章があるきりであった。それはこういう文章である。

二〇〇二年九月十二日木曜日の午後十時半ごろ、それまで何の屈託もなく恵まれた給料を月々貰《もら》って暮らしていた内藤タダオが帰宅してみると、妻が消え失せていた。

この文章を作るために、恐らく私は二〇〇二年の九月十二日が何曜日であったかを調べただろう。また内藤タダオという人物の名前も考え出しただろう。だがそんな作為を完全に忘れてしまうくらいには長いあいだ、私はこの一個の文章を凝視した。内藤タダオとは誰だろう。既婚者であることは間違いない。給料も貰っていて、しかもそれは恵まれているそうである。それはどんな仕事で手に入れているのだろうか。帰宅して妻が、ということは住居があって妻と同居していることになる。「消え失せていた」とは穏やかでない。だがどうだろう。妻が消え失せて万歳三唱をとなえる亭主もいるのではなかろうか。また、妻がいなくなる理由に、なんの心当たりもない亭主はめったにいないのではなかろうか。しかし「消え失せていた」という言葉に私は、亭主にとってはわけも判らずに、というニュアンスを感じた。とするならば。

……こんな具合にして書き進んでいった。

小説を作っていくのは、一人でトンネルを掘っていくようなものである。現実のトンネルは一人で掘るものではないし、掘る前にはしっかりと測量をする。小説というトンネルは、人間世界という、あまりにもあてにならない流動体を、誰の手も借りられずに掘り進んでいくので、測量は、しないこともないが、あてにならないし意味がない。目の前にあるのは一個のイメージ、ひとつの文章だけだ。あとは完全な闇である。闇の中を筆記用具を使って掘っていく。どっちへ向かっていけばいいのか判らないし、正解はない。自分なりに、最初の「動機」に忠実であろうと思う。そしてあたう限り多様に展開していこうと思う。展開に応じて新たな動機が必要にあることもあるし、それがまた展開されることを要求してくる。トンネルは、掘り進んだ分を振り返ることで、励みにもなるしその先のヒントにもなってくれるけれど、それでも目の前にあるのが完全な闇であることは変わりがない。こんなことやって、ナンになる。無力感や徒労感も襲ってくる。肉体的な疲労はいうまでもない。もっともきついのは、動機を展開するのに必要な集中力だ。この集中力からは、小説を書き終えるまで解放されない。

闇の最も堅い部分のひとつである最後の一センチを掘り切ると、そこでようやく出口が出来上がる。壁面を塗り固め、天井に照明をつけ、路面を舗装することができる。開通式が終われば、読者が通り抜ける。トンネルを掘るのは何年もかかる重労働だが、通り抜けるのはあっという間だ。そしてこのトンネルは暗いとか、グネグネしすぎているとか、逆にあっさり抜けられすぎてつまらんとかいわれる。こっちが勝手に掘ったトンネルだから、社会の交通が便利になるわけでもないし、流通にもさして役に立たない。誰からも感謝されない。それでいい。役に立とうとか感謝されようとて、始めた仕事ではないのだから。そして次のトンネルを掘りに、別の場所へ向かっていく。私の場合は、いくばくかの金になるのが、ありがたい。

小説を書くとはそういう仕事だ。作業としては何をやってるかわけが判らないし、人が見て得になるようにも思えないだろうし、熟達したからといって、うまい商売になるともいえない。そこに大きな喜びと達成があるといっても、納得してもらえないかもしれない。だがそれはある。やってみれば判る。そして小説を書くという重労働には、筆記用具と最初の一文章があればいい。あとはずうっと座っていれば、誰にだって書ける。

# 即興小説

1

ある晩東直子さんが、私の店に遊びに来てくれた。木村綾子さんも来て、三人で話した。木村さんはタレントだそうだが、そっちの活躍を私は全然知らない。私が知っている木村さんは太宰治の研究家である。大学の卒業論文も太宰論で、太宰についての知識を試験する「太宰治検定」なるものも催していると聞く。さらに、先ごろ私の店のつい目と鼻の先に「B&B」なる小じゃれた書店が開店したのだが、木村さんはその店でも働いている。「B&B」とは、ブック・アンド・ビールの由である。書店の癖に、ビールやコーヒーを出すのだ。さらに毎日トーク・イベントを開いて、お客を集めている。実に小面憎《こづらにく》い企画の見事な店である。

私の店も一応は書店であるからして、そんな小じゃれた小面憎い書店がごく近所にできたとなれば、心穏やかではいられない。開店初日に出かけて行って偵察した。品揃え良く店内の雰囲気良く、すっかりファンになってしまった。あまつさえトーク・イベントにまで呼ばれて、よしもとばななさんと共に人前に立ち、チェロまで弾いてしまった。ミイラ取りがミイラになるのも、ここまで来れば我ながら大したものだ。

東さんと木村さんと私は、最初は雑談をしていたと思う。何かの拍子で私はこんなことをいった。短歌に歌合《うたあわせ》あり俳諧に連句興行あるが、小説であいうことはできないものだろうか。歌合というのは歌人数名が左右に分かれておのおの歌を出し、優劣を競って審判者に判定を仰ぐという遊びである。また連句とは俳諧師が発句から始めて歌を付けていくもので、江戸時代にはこれを興行として客から見物料を取ったらしい。これを小説でできないものだろうかと私は考えたわけである。

今となってはどうしてそんなことを口走ったのか、定かなことは記憶にないのだが、どうやらその時の私は、小説を書くのは楽じゃない、ということを、身をもって人に知って貰いたかったらしいのである。人は小説家が一年も二年もかけて書いた小説を、四十分くらいで読んでしまう。読んだら捨ててしまう。四十分で読めてしまうような、読んだら捨ててしまえるような小説を書いているこちらがいけないのは重々承知だが（そして、こちらも人の書いたものはしばしばそうやって読み捨てているのだが）、しかしフローベールは、多分フローベールだと誰かに聞いたが、こういった。「酔っ払いの歌うような歌でさえ、酔っ払いの作ったものではない」と。こっちだってそれなりに苦労して書いているんである。

まあさすがに、誰も楽に書いているとは思っていないだろうが、それがどういう具合に大変なものか、実地に見せられないだろうか。私はそんなことを考えていた、のかもしれない。

あるいは私は、この方がよっぽどありそうだが、単に小説で何か面白い興行はできないものかと思っただけだったかもしれない。文芸のジャンルの中で、興行にならないのは小説だけである。短歌と俳句は上記の伝統的な興行がある。詩には朗読があり、評論には対談や講義、講演がある。戯曲など初めに興行ありきの文芸である。小説にも朗読がないことはないが、あれはすでによそで書き終えたものを読んでいるのであり、さらには興行の主体は作者であって、必ずしも作品ではない。人気作家の朗読を見に来る人は、人気作家が出てくるのを楽しみにしているのだ。私が考えているのはそういうものではなくて、あくまでも小説そのものが主人公になるような興行だった。歌合に評判の歌人が出てきても、その歌人がつまらぬ歌を詠めば座はしらけるだろう。却って思わぬ人から目の覚めるような名歌があらわれるときこそ、歌合のハイライトなのではないだろうか。小説でそれはできないものか。

私は思いつくままアイディアを喋った。つまり寄席の三題噺だ。噺家が客席からお題を募り、三つ貰ってその場で話をこしらえるのである。三遊亭円朝はこれの名人で、客から「小室山の御封」「玉子酒」「熊の膏薬」の三題を貰って、今に残る名作「鰍沢《かじかざわ》」を作ったといわれている。この要領で私と東さんが、客からその場で貰った題をもとに、一時間で小説を書く、書き終わったら朗読して自賛し、投票で勝敗を決める。

それは面白そうだと木村さんがいい、似たようなイベントならやったことがありますと東さんがいった。そのイベントとはお客さんから貰った題で、即興の物語を語って聞かせるというものらしいが、私は、語るのではなく、あくまで書くことにこだわった。言葉の響きの柔らかさと楽しさで、東さんに私が勝てるわけがない。それにこれは小説の興行として考えているのだから。

書いているあいだお客が退屈しないように、ワープロに書いている文章をなまでプロジェクターに出せないだろうかというと、木村さんが簡単にできるといい、グーグルなんとかを使うとなんとかのなんとかで、パソコンを持ったまま移動しながらでも書けるという話をすると、東さんが、それ私のマックでも簡単に、などと最先端のことをいい出し、たちまち「B&B」のイベント企画として提案されて、数日を経ぬうちに実現が決定してしまったのであった。私のアイディアなのだから私の店でやればずいぶん儲かるはずだが、あいにく私の店にはプロジェクターもなければ、グーグルなんとかもない。宣伝も構成も仕切りも集金も一人でするのは、面倒臭いにもほどがある。面倒臭いことはすべて「B&B」に任せることにした。東さんと私は、ただ書くことに集中すればよい。

木村さんたちは結局、私には到底やれそうもないことをいくつも実現してくれた。その最たるものが解説者だ。市川真人さんと辛酸なめ子さんという、私などよりはるかに知名度の高いお二人が興味を持ってくれた。このお二人が私と東さんが書いているあいだ、それを見て解説してくれるとなれば、それだけでもいい加減なものは書けない。ただでさえ「小説執筆の実況」というパフォーマンスが目立ってしまう企画だ。衆人環視で小説がこしらえられれば、それだけで大したもの、書かれた中身の質はさして問われないという催しになりかねない。こういう場所でこそ、お茶を濁すようなものは書きたくないものだ。

細かい打ち合わせがメールや顔合わせで何度も交わされた。木村さんは当日の構成台本まで作ってくれた。私が漠然と、つまりいい加減に考えていただけのことが、どんどん実現可能なものになっていく。どうやってお客さんからお題を貰うか。投票はどうするか。執筆者はどう移動するか。時間はどこにどれくらいかけるか。三題噺というけれど、お題三つは多いから、二つにしよう。またあれこれを考え合わせると、執筆に充てる時間は四十五分くらいが丁度いいということになった。そうかもしれない。勝手に書かせて貰えるなら、一時間でも二時間でも欲しいところだが、お客はだれるだろうし、時間がどれくらいあれば、どんなものができるのか、スタッフはもちろん、執筆者当人にも判らない。とにかく四十五分で書けるだけ書く。早めに書き終えたり、オチがなくてもいい小説が出来上がった場合を考慮して、最後には必ず「終わり」と書くことが決められた。インターネットの予約はぞくぞくと集まって、当日券は売らないことになったそうだ。

どうなるか判らないことをこそやってみよう、などと抽象的な意気込みで、まあ気楽といえば気楽に構えていたのだが、前日あたりから胸の中がぞわぞわとしてきた。「考えてもしょうがないんだから」というのが、気楽でいられた理由だったが、同じ理由で緊張してきたのである。「考えてもしょうがない」というのは、つまり事前の準備が何ひとつできないということである。小説を書くことだけが決まっていて、ストーリーはもちろんのこと、構想も発想も、最初の一行も、タイトルさえも決められない。ただぶらぶらとその場へ向かっていくしかない。これはとんでもなく心細い状態であった。「B&B」の前で東さんにお会いすると、やっぱり緊張しているとのことであった。

私は、テレビに出るときにはまず緊張しない。ラジオで喋れといわれても平気で喋る。講演など壇上に上がるのは少し緊張する。しかしこの時の緊張は図抜けていた。それはどうしてかというと、本職だからだ。

テレビやラジオに出演するのは本職ではない。だから失敗してもどうということはなく、そもそもどうしたら失敗なのかがはっきりしない。気楽である。だがこのイベントで人に見せるのは小説執筆で、これは私の本職である。本職を曝して失敗したり、不評であったりしたら、こんな恐ろしいことはない。考えてみると小説家というのは普段、編集者にだけ原稿を渡している。編集者はだいたい原稿を褒めてくれる。彼らには二重三重に原稿を褒める理由がある。だが観客にそんなものはない。彼らは純然たる裁定者である。いいものをいい、よくないものをよくないと、なんの損得もなくいいうる人たちである。裁定がじかに来る。クッションは全然ない。「即興小説バトル」と題されたイベントが行われたのは、梅雨の晴れ間の六月一日で、始まる前からいやな汗が出っ放しであった。

さして広くはない会場だが、お客さんはびっしりと来てくれた。これから何か面白いことが起こると期待してくれているのが手に取るように感じられる。紙に書かれたお題を集めて、市川さんと辛酸なめ子さん（彼女とは私が小説家になる以前に面識がある。私の店に彼女が、自費で作った水着の写真集を持ち込んだことがあったのだ）が選んでいる。人の話が殆ど耳に入らない。隣に東さんがいるはずだが、目も向けられない。

お題が決まった。「鼻水」と「まんじゅう」だと。市川さんは、ほかにもいろいろあったんですが、最初の試みですから書きやすそうなのを選びました、といっていたが、まあそうだったのかもしれない。アニメのタイトルなんかもお題に出されていたようだから。

バックヤードに入ってワープロの前に座ると、木村さんの、ヨーイ、ハイ！　という声がして、東さんと私は書き始めた。

2

四十五分後に私が書き上げた小説は、以下の通りである。書き上げた時点ではタイトルはなかった。推敲せずそのままである。

ドアを開いた時には、部屋の中の女に手を振り返していたので、気が付かなかった。

ドアを閉め、外に目を向けたとたんに、そいつと目が合った。

小学三年か、四年生の子供である。半ズボンにランニングシャツ、紺色のズックを裸足で履いて、坊ちゃん刈りが伸びきった髪の下で、丸い顔がにやにやしている。実に教育のなさそうな風体である。昔の少年マンガには、よくこういう奴が脇役で出ていた。アホっぽいので愛されるが、結局は主人公のヒーローぶりを際だたせるための役だ。よく見ると青っ鼻まで垂らしている。いっそ見事である。

「うへえ」

青っ鼻の子供は私を指さして笑った。

「なんだ?」私はいった。「なんだよ」

「女のとこから出てきたな」クソガキは私の威嚇的な一瞥にもひるむ様子は見せなかった。

「真っ昼間だぞ。亭主持ちじゃないか」

私はクソガキを睨みつけたが、内心戦慄していた。図星だったからである。

近所の子供だろうか。この団地に住んでいるのは間違いない。女の知り合いの子供だったりしたらまずい。

「坊や」私はにっこり笑って、クソガキの前に膝をかがめた。「坊や、いい子だよな。余計なこと、人に喋ったりしないよなあ」

「さあ、ねえ」クソガキはそういって、にーっと笑ったついでに、鼻水をずおー、とすすった。

「おじさんがいいものあげよう」私はいった。「なんでも好きなもの買ってやろう。な?」

女の家は団地の二階で、すぐ下が商店街になっている。床屋や花屋に並んで、駄菓子屋があった。クソガキは行き慣れているとみえて、私の手を引いて、駄菓子屋の店先まで連れて行った。

「何がいい」

私が訊くと、ガキは黙って私を見上げて、にやにやするばかりで、何もいわない。

「なんでも買ってやるぞ。いってみなさい。一個じゃなくてもいいんだぞ」

「そんなこと、いつまでやってるつもりだい、おじさん」クソガキはにやにやしながらいった。「こそ泥みたいに。そろそろ男らしくしたらどうなんだい。いい年してさ。奥さんも子供もいるのにさ。仕事だってさ」

「うるさい」私はガキにだけ聞こえる程度の声でいった。「俺だってそのくらいのことは考えてる。しっかりしようと思っても、真っ直ぐに行かないことだってあるんだ、大人には」

「汚いよ、大人を言い訳にするのは」

クソガキはそういってまた、鼻水をすすった。もうにやにやしていなかった。

「いいから黙って好きなもの選んだらいいだろう」私はいった。「そんだけ判ってるんだったら、俺がお前に好きなもの買ってやって、その代わりにさっき見たことは黙ってるってことも判るだろう。とっとと選べ選べ」

クソガキは私の目をじっと見ていた。みっともない、垢抜けない顔だった。

「何がいいんだ。早くしろ」

するとクソガキはいった。

「何がいいって、あんた知ってんじゃないか」

「じゃ栗まんじゅうだ。栗まんじゅうでいいな」

クソガキが何も答えないので、私は一人で店の中に入り、栗まんじゅうを二つ買った。

クソガキの姿はどこにもなかった。私は栗まんじゅうの入った紙袋を持って呆然と立ち尽くした。

何がいいって、あんた知ってんじゃないか。

私の田舎には駄菓子屋がなく、あるのは和菓子屋だけだった。鮒釣りに飽きると、私たちは裸足のままその和菓子屋へ行って、なけなしの五円十円で買えるものを買って、帰り道でちょっとずつ、けちくさく食い歩くのが楽しみだった。

まんじゅうは一個十円だったが、栗まんじゅうは十五円だった。栗まんじゅうが買えた日は嬉しかった。大人になって自分で稼ぐようになったら、こんなもの、いくらでも買えるんだと思った。早く大人になりたかった。

今、私は大人だった。

「一緒に食おうと思って、二つ買ったんだがな……」

夕焼け空で、冷えてきた。帰る道々、紙袋から栗まんじゅうを出して食いながら、私は鼻水をすすった。（終わり）

3

さまざまに興味深い試みだった。自分でも知らなかった創作時のあれこれが、ずいぶんと明らかになった。

卑近なことからいうと、四十五分で小説を書くとなると、休みなく書き続けなければならないのだった。これには心理的な理由もある。小説は書き終えたあとも書き直しができるが、それにはまず書き終えなければならない。いったんでも書き終えなければ、未完のまま時間が来てしまいそうで不安であった。なんでもかんでもエンドマークをつけなければと思っていたら、それだけで四十五分経ってしまった。書き直しや見直しの時間はなかった。

この小説は四百字詰め原稿用紙で約四枚分である。四十五分書き続ければ、四枚の小説を俺は書けるんだ、と判った。もちろんそんなことを普段やるつもりはない。このときの体感から察するに、私は二十分か三十分にいっぺんは筆を休めたくなるようだ。書き続けるのは肉体的にも、頭脳的にもきつかった。しかしたとえばこれが四十五分でなく二時間くらいあったら、休んだり考えたりして、もっといい小説を書けただろうか。それはちょっと判らない。

お題を貰ってから書き始めるまで、数分しかなかった。つまり発想する時間が全然ないということだ。そういう状態で書いたのがこれ、ということは、私の発想は話にもならぬほどに凡庸である。「鼻水」と「まんじゅう」といわれて、「鼻水垂らした小僧にまんじゅうを買ってやる」という話しか浮かばない。この凡庸な発想から始めるしかなかった。ただでさえ発想というのは、いったん浮かんでしまうとなかなかそこから自由にはなれないものだ。別の話を思い浮かべる時間はなかった。また思い浮かべるべきでもない。いったんつかんだ発想は、それが上記のごとく、どうしようもない月並みであっても、それを凝視し、できるだけ磨きをかけるのがいい。全然別な、もっと気の利いた発想が出てくるのをのんびりと待つよりましだという考え方を、私はする。

題材は平凡であればあるほどいい、という考え方を、私は恐らく（近代日本の私小説からではなく）フローベールから学んだ。平凡な題材は二つの利点を持っている。ひとつは、物語にダイナミズムがないから、表現そのもの、文章そのものの彫琢に集中できる。もうひとつは、平凡とはしばしば普遍的なテーマになる可能性を秘めているから、題材を徹底的に見据えることで、究極的には人間性や社会全体を描ききることをも可能にする。『ボヴァリー夫人』とは現にそのような小説である。即興小説にまた大げさな理屈を持ち出したようだが、少なくとも発想が平凡であることにおじけづく必要はない。発想を展開させられなかったら、そこで初めて恥じるべきだ。

「鼻水垂らした小僧にまんじゅうを買ってやる」→「なぜ」→「懐柔策」→「何をした？」→「見られて困ること」→「たとえば間男」。となって、一行目を書き始めた。ここまでは快調だった。たいしたことも考えられなかったのだから当然だ。

しかし書きながら、間男が女の家の近所の小僧にまんじゅうを買ってやって、それがどうした？　と思っていた（時間がないから書きながら考えるしかないわけである）。そんな話で終わっていいわけはない。そこで男と小僧を同一人物にすることにした。これまた平凡なヒネリだけれど、もうしょうがない。幼い自分自身と対面することで、ちょっと倫理的な問題にも触れられる。このヒネリを得たのは、「おじさんがいいもの買ってあげよう」と書いたあたりだろう。その直後に小僧は、男が女房子持ちであるなど、初対面では知りえないことを喋っている。

そのあとはいわば段取りである。駄菓子屋で栗まんじゅうを買って（駄菓子屋に栗まんじゅうがある、ということにして）、小僧が消えて、男が回想する。

「今、私は大人だった」で指を止めて、数分考えた。ここは考えずに書くことはできない。その前に栗まんじゅうを二つ買っていたのが助けになった。二つ買ったと書いた時点では、ラストの台詞は浮かんでいない。大の男が栗まんじゅうを一個だけ買うのが恥ずかしくて二つ買っただけである。つまり私は書きながら作中人物になりきっている。

書き終えてお客さんの前で朗読してから、題を「鼻水とおまんじゅう」とした。東さんにだってこのタイトルを使う権利は平等にあったはずだが、彼女の作品は発想が別にあったのがさいわいした。題名を独自に決められるほど、脳の余力はなかったから。

発想に基づいて書けること、発想を発展させられること、不足なく小説内に情報を書きこめることは、私の小説家としての強味かもしれない。私には欠点に見える。器用なのだ、私は。段取りでぱらぱら小説が書けるような人間なのである。

私はお客さんの得票数で勝利した。勝利するような小説だ。東さんの作品を朗読で聞いて、私の胸は震えた。それは幻想的でつかみどころがなく、破綻した作品だった。あ、芸術家の感性だ、と思った。すべてがみずみずしく、それは、暗く輝く一個の詩を目指した作品だったのである。段取りで書いているところなどひとつもなかった。得票してくれたお客さんに頭を下げながら、私はしきりに負けを悔しがっている東さんを、ひそかに畏れた。

「B&B」ではこの企画を成功とみなし、継続する考えを持っているようである。やっかいなことに、私も同じ考えを持っている。

# 文学について

# 店番をしながら書くことについて

芸術家というと、朝まだ明けきらぬうちに仕事を始めるとか、逆に真夜中から夜明けまで働くとか、あるいは専用の仕事部屋や別荘を持っているとか、書斎やアトリエには一切人を寄せつけず、長時間集中して創作に打ち込むというイメージがある。イメージばかりでなく実際そうなのでもあろう。ほかの人が創作をしているところを見たことがないから判らないが、たいていの芸術家が自己の創作のために、環境を整え、保持に心を砕いていることだろうと思う。

私は自分の本屋を持ち、その本棚の後ろ側に空間を作って、そこで書いている。それが私にとっての快適な創作環境なのだろうと、思っている人もいるかもしれないが、そうではない。

私は、少なくとも今のところは、「快適な創作環境」というものを拒否して創作している。そうだと自覚したのは最近のことだけれども。

入り口は自動ドア、中に入れば商品もレジもベンチすらもあるという場所で、小説を書いている。小説というものは、常にすらすら書けるわけではない。すらすら書けることは滅多にない。そしてその滅多にない書けているときには一心不乱である。そこへ人が来る。文章がマルやテンで終わらないまま、立ち上がって出て行って、いらっしゃいませという。来ていただいたありがたいお客と判っていても、どうしても愛想の良いいらっしゃいませにはならない。ほかの書店でなく藤谷のやっている店だからと、目指して来てくださる方も近頃は少なくないのに、どうしても気持ちが接客に集中できないことがある。それでもしばらくすると人の顔が見えてくる。チェロを弾いたりすると喜んでもらえることもある。話しこむこともある。創作も何もあったものではない。仕事に戻って、アレ俺さっきまで何を書こうとしてたんだっけと、途方にくれることさえある。

お店ということは千客万来ということであるから、みんな気軽に来る。編集者も来るし友人も来る。昔の知り合いがなつかしいといって現れる。見知らぬお客さんも来る。来客がなくても電話が鳴る。宅配便が来る。信用金庫の人や玄関マットの交換の人、電気代を取りに来る人も来る。人生相談や愚痴をいいに来る人もいる。その一つひとつのために、私は仕事を放り出して対応しなければならない。

しかも困ったことに、一人ひとりが嬉しい来客なのである。話して楽しい。仕事につながることも多い。現実的な、次の執筆依頼になることもあるが、そうではなく、見たことも聞いたこともない人と、ほんの少しでも話をする、話をしないまでもそういう人を見る、というのは、小説家にとってまったく得難い経験なのである。

昨日は横浜に住む看護士さんが来た。ご主人は消防士で、三十三歳で、子供はいない。実はこの人は十数年前に看護学校の学生だった頃、ちょいちょい店に遊びに来た人であった。資格試験の前には不安で泣いていたこともある。久しぶりにふらりとやってきた彼女は十九の頃と大差ないようにも、ひどく大人びたようにも見えた。元気で明るく、ドラマチックなものは特に持ち合わせていない人である。私に店がなかったら、こういう人には決して出会うことがなかっただろう。彼らも気安く私を訪れることはできなかっただろう。

来客に文句をいうつもりは毛頭ない。来客を楽しみにしているからこそ、今も私は店のバックヤードで書いているのである。しかし厳密に芸術創造という観点からのみいえば、これは快適というにはほど遠い創作環境といわざるをえない。というよりも創作とはそのようにしてはありえないといった方がいいかもしれない。ノイズを排した集中は、創作の最低限の条件だろう。私にはそれがない。そういう条件の整うはずのないところで、創作をしている。私は快適ではない。心の落ち着く閑がない。だが一方で、芸術にとって快適とは何だろうとも考える。それは結局のところ、芸術とはどんなものかという考えにつながる。芸術とは同時に矛盾した二面を持つものである。すなわち社会と隔絶した別天地を建立すると同時に、まさにそのことによって、社会を反映するものだ。この考えを私はテオドール・アドルノから学んだ。

芸術は社会の理屈に迎合しては作られない。しかし社会という存在をなかったことにしては成り立たない。芸術家というのは、放っておけばいくらでも世間から遊離して踊りの踊れる人間である。その踊りが喝采をもって迎えられれば、それだけ自分には才能が、個性があると思ってしまう。自分が世の中の流れに目ざとく棹さして、ゴマをすって踊っていることには気がつかない。世間はいよいよ見事な才能だ、偉大な存在だといって喝采する。

かたや、あたかも自分から世間の喝采を忌避しているかのような芸術家がいる。馬鹿な世間が誉めそやすのは馬鹿な芸術に決まっている、真の芸術は決して大衆に迎合せず、大衆からも認められることがないものだ、といって、自分の創作が売れないことを正当化する。どんどん自分の殻に閉じこもっていく。小さな呑み屋で売れっ子作家を罵り、女房の稼ぎで生活し、自分を駄目な人間と思うことで、自分を慰める。

二種の芸術家は一見正反対に見えるけれども、社会に対面していない点で共通している。社会に伴走するのも社会を軽蔑するのも、一面的であることに変わりはない。両面なければ駄目なのだ。そして社会とは新聞やインターネットで俯瞰的に見渡す「世相」とか「時代」のことではない。芸術にとっての社会は、一個の人間にとっての社会でなければいけない。日経平均株価や政権支持率、視聴率やダウンロード再生回数といった俯瞰的数字は社会ではない。それは情報だ。家賃の支払い、電話の応対、接客、捺印、ごみ出し、近隣との付き合い、納税、通勤、長女の高校進学、屋根の修理。それが一個の人間にとっての社会である。社会に囚われず、囚われ、拘泥せず、拘泥するところに、芸術は創作される。

なんだか禅問答みたいだが、しかしこれは名人芸的な絶妙の機微とか、バランスというのとも違うようだ。バランスを取るというような悠長な話ではなく、それは間断なく続く反抗であり、否定だ。日常という姿で一個の人間の前に現れる社会を否定し、しかし同時に、地面から遊離する華やかな伽藍にも反抗する。この否定と反抗の振り子運動が芸術であるはずだ。はずだ、というのは、私自身がその振り子運動をうまくやれたためしがないからでもあるし、またその振り子運動は、創作の過程にあるのではなくて、創作されたものをはたから見たときにだけ見えるものかもしれないからだ。すぐれた芸術作品は実にしばしば、そのような社会と伽藍のあいだを行き来する振り子運動そのもののように見える。今私の頭に浮かんだ具体例を挙げれば、ベートーヴェンのピアノソナタやマーラーの交響曲、ラヴェルの「クープランの墓」やピカソの「ゲルニカ」、文学ではシェイクスピアやカフカや夏目漱石といった作家の作品だ。いずれも途轍もないビッグ・ネームである。しかし彼らとて生まれたときからビッグ・ネームだったわけではない。なぜそうなったかというと、彼らの作品が今も生きているからだ。生きているというのは動いているということである。その動きは、私は社会と伽藍のどちらをも拒否し、反抗する、振り子運動だと思う。

店番をしながら書くことについて書いていたら、とんでもない大風呂敷を広げることになってしまった。シェイクスピアと藤谷じゃずいぶん違う。大げさな話だと人には思われるだろうが、これは私の原則である。人間何をやるにしても、しっかりした原則は常に腹の中に据えておきたいものだ。人に話せば大げさに思われるくらいの原則が、ちょうどいいのかもしれない。

それに私の書いているものが果たして芸術の名に値するものかという疑問だって、もちろんある。値しないと自分では裁断している。私の書くものは、恐らく、読み物としては合格だろう。ということは商品として成り立たせてよいということだ。だがそれ以上になっていない。

私の文章には力がない。物事や人間への洞察は不充分である。店を閉じて、書斎に籠って、沈思黙考できる時間を増やしたら、力のある文章でするどい洞察を書けるようになるだろうか。いや藤谷に今以上のものは、何をどうやっても書けやしないと断言することは、誰にもできないのではないだろうか。

しっかりした原則を持つことと同じくらい、これは大事なことだと思う。つまり今ある環境の中で、今ある自分の進歩を信じること。私は今は不充分だが、次はうまくやれるかもしれない。私ばかりではないだろう。様々な理由で仕事を持ちながら、創作や表現に野心を持っている人は多い。世事に時間や労力を奪われて、本当にやりたいことができないという嘆きは、私には言い訳に思える。新人賞を獲って創作に専念しようと仕事を辞めたら、書けなくなった、という人の話はよく聞く。あなたをうるさく悩ましている世事やしがらみが、実はあなたの芸術の根源かもしれないのだ。

私の店は開業以来赤字続きでもう十五年もやっている。家賃の支払いをするたびにもう限界だと思う。とりあえずこれを書いている今は、かろうじて店が開いているというばかりだ。いつまで続けられるか判らない。そしてその店はノイズに満ち満ちている。これが私にとっての現代日本であり、現代社会である。日本はノイズだ。現代は赤字だ。

# 君と世界の戦いでは、世界に支援せよ

これはカフカのアフォリズムにある言葉だ。訳は加藤典洋氏の著作のタイトルから引いた。私の持っている旧版カフカ全集の訳よりずっといいので。ただ申し訳ないことに、私は加藤氏のこの著作を読んでいない。だからこの言葉に氏が何を託しているか判らない。加藤氏のほかの著作は何冊か読んでいるので許して欲しい。そして以下の文章は、このカフカの一行に対する、私の勝手な解釈である。加藤氏の考えとは（恐らく）なんの関係もない。

君と世界の戦いでは、世界に支援せよ。

これは創作の根源である。小説創作に限らない。また芸術的な創作にも限らない。人間が何かを作るとき、この言葉は常に肝に銘じておいたほうがいいと思う。

人は誰でも、何かを創作しようとするときに、迷いがある。作っている途中で、これでいいのか、と思うことはしょっちゅうだし、そもそも「何かを作りたいが、何を作ればいいか判らない」というところから、迷わなければならないことも多い。なぜなら創作の根本には、規制がないからである。これを書いたら叱られるとか、こんなもの作るのは自分の手に余るというのは、二次的な思い悩みであって、創作の根底には全方位的な、ありとあらゆる可能性が広がっている。広がりすぎているから、何から手をつけていいか判らなくなるのである。創作にはだから、必ず焦点を絞る過程が必要になる。絵を描くとか音楽を作るとか、あるいは仕事で一から仕上げなければならないものがあるとかいうときは、「絵」「音楽」「仕事」というのが、すでに焦点を絞っているのである。

しかしこれだけでは足りない。何にせよ創作においては、自分の姿勢というものが必要になってくる。どういうつもりで創作をするのか。それを創作して、なんになるのか。

これは、創作は世のため人のためにならなければいけない、という意味ではない。自分の創作欲を満たすためにだけ創作していい。しかし一方で、現代において創作は、世に対しても人に対しても、力を失っていると思う。あなたは思わないだろうか。のんべんだらりと、できるから作っちゃった、というのと大差ない創作で、本当にいいのか。自戒としてそれは強く思う。なぜなら創作とは、君と世界の戦いだからだ。

創作したいと思う、その動機の根本に、世界との戦いという強烈な意識があるかどうかを検討するのは、創作意欲に焦点を与える、最初の篩《ふるい》になる。

創作者は、自分も何かを作りたい、というところから先へ向かって、自分に問うべきである。その「何かを作りたい」というのは、いい絵を見たから同じような絵を描きたいとか、あのお笑いコンビのようなコントが作りたいとかいった、模倣の欲求と同じなのか、それともその模倣を使って、「自分にしか作れないものを作りたい」という、より強い欲求になっているのか。模倣以上にならないものがいけないというわけではない。誰にでも習作期は必要だ。しかし習作はいまだ創作ではないということは、心得ておかなければならない。習作を創作と思いこんで、人に認めてもらおうとしてはいけない。

習作と創作の違いは、それが「自分にしか作れないもの」であるかどうかで決まる。創作者は、日の下に新しきものなしとか、なべての書は読み尽くされたり、とかいった「創作にはもはや独自のものは残っていない」という考え方に囚われてはいけない。そんな考えは世迷いごとだ、くらいに思い切らないといけない。手塚治虫ののちに漫画を描くことに意味があるのか、と問う人間は、頭のいい、冷静な、何ひとつ創作するつもりのない人である。現代漫画は手塚治虫の影響下にある。あったがどうした。現代漫画が手塚治虫の影響下にあることと、自分が自分にしか描けない漫画を創作することとのあいだに、創作者はなんら相関関係を見出さないのである。だって私は、あなたは、手塚治虫ではないのだから。

自分にしか作れないものを作るという野心は、このように、作る前から攻撃を受けているのである。お前に創作なんかできない、といわれることもあるだろうし、創作なんてものは現代じゃありえないんだよ、といわれることもある。それらはどこから来るかというと、世界から来るのである。ほら、すでにして創作とは、君と世界の戦いではないか。模倣とは、すでに世界にあるものへのあこがれである。だから模倣は習作であって創作ではないのである。自分にしか作れないものを作る、それ自体が君と世界の戦いなのだ。

世界との戦いとは、世相を嘆くとか、社会をののしるというようなことではない。そういう社会批判も創作として成り立つし、そういうテーマで芸術的に優れた作品もあるだろう。だが、これは完全に私の趣味だが、それだけで自分は世界と戦ったと気のすんでいる創作は、たかが知れていると思う。悪と戦うのはいい。戦うべきだ。だが悪と戦うということは、「戦いに勝てば理想的な世界がある」ということではないだろうか。となれば、それは「今の世界と、私が勝ったあとにありうる理想世界との戦い」ということで、ようするに世界と世界の戦いなのではなかろうか。

それは私の考える「君と世界の戦い」とは違う。君と世界の戦いには、勝利も敗北もない。それは暴力や権力闘争ではないからである。それは君が（そして、私が）世界に爪痕を残す戦いである。人生を多少経験すれば誰にも明らかな通り、一個の人間というのは戦わなければ世界に爪痕を残すことはできない。爪痕を残した人間が偉く、残さない人間が劣っているわけでもない。さらに爪痕を残そうとしても、残せるかどうか、自分で決めることはできない。そしてどんな爪痕を残しても、世界は痛くも痒くもない。つまり勝ち負けで考えれば、君と世界の戦いは必ず負け戦になる。勝ち負けで考えるからいけない。君と世界の戦いは、戦うというベクトルそのものに価値がある。一個の人間の生をまるごとそこに賭けてもいいほどの価値が。

しかしこの戦いには致命的な欠陥がある。致命的というより、身も蓋もない欠陥である。実をいうと、「君と世界の戦い」というのは、ほんとは「君が一人で勝手にやってる戦い」なのだ。一人相撲なのである。これを思うと心底いやになる。こっちは懸命になって世界と戦っているのに、世界はその戦いをまったく相手にしない。戦いとはいうものの、実情はこっちが世界に向かってやいのやいのいってるだけなのである。

一人相撲の最大の問題は、放っておけば絶対に自分が勝ってしまう点にある。創作という一人相撲の場合にはさらに、それが一人相撲であることを、忘れてしまうか無視するかしてしまうところにも問題がある。ひどい場合は一人相撲であることを知りながら、知らないかのように振る舞いつつ、自分に都合のいい展開で自分に勝利させたりする。これは創作の場合実に多いケースで、私の考えでは小説の場合、主人公が「英雄」の話で、創作の「一人相撲性」に甘えて、もたれかかっていない小説は、まず滅多にない。

ここでいう「英雄」とは、あらかじめ「選ばれた存在」として登場する主人公のことである。時には悩んだりくじけたり、間違えたりひどい目にあったりはしても、基本的には正しいことを正しいと信じて、しかもそれが実際正しいことであったという結末に達する主人公のことである。

これは戦国武将を主人公にした場合でも、学園ファンタジーもののライトノベルでも同じことで、「選ばれし者」を主人公にしたら、創作はそこで終わりとさえ私は思っている。「選ばれし者」というのは卑劣な存在だ。選ばれてるんだから戦って勝つのは当たり前だし、傷ついたり最終的には死んだりしても実にドラマチックでファンファーレが鳴り響いとる。そんな英雄に、世界と戦う地味なみっともなさが判ってたまるものか。とはいうものの、私は自作で主人公を、一人だけ英雄に仕立ててしまった。自覚があるのが一人だけなのだから、読者が見たらもっといるかもしれない。

ちなみにいうが、よくドン・キホーテやボヴァリー夫人やグレゴール・ザムザを「英雄」と評する文芸批評があるけれど、それと私がここでいっている「英雄」とは、真逆の存在だ。ドン・キホーテもボヴァリー夫人もグレゴール・ザムザも、社会の中では取るに足りない存在である。彼らは最初から最後まで、なんの役にも立たない。武勲もあげないし抜きん出た才能を認められもしない。彼らが英雄であるのは、全然選ばれてない存在であるにも拘らず、その存在のすべてを賭けて世界と戦っているからだ。創作とは、世界との戦いとは、そうでなければならないと私は思っている。

創作において英雄を作り出してしまうことは、注意深くしていてもしばしば起こってしまう。そのときにあらかじめ、肝に銘じておくといいのが、カフカの言葉の後段である。

君と世界の戦いでは、世界に支援せよ。

なぜ世界を支援するか、私の考えは、もう書いた。君が、私が世界を支援することによって、初めて創作は一人相撲をまぬかれる。本当はそれでも一人相撲なのだろう。しかしどんな形であれ、創作が一人相撲でなくなることはできない。そうであれば創作に向かっていく人間は、それをできる限り一人相撲でなくすることを考えるべきではないだろうか。一人相撲でしかない創作を一人相撲でなくする。この矛盾が創作における葛藤である。

君と世界の戦いで、世界に支援することはできるのか。もちろんできる。たえざる自己否定、不断の自己懐疑によって、それは半分達成するだろう。ひと言で自己否定、自己懐疑といっても、簡単なことではないが、否定と懐疑を自分にぶつけ続けて、その果てに成り立つもののことを創作というのだと思う。これがなければ創作は成立しない。そしてたとえ自分の中に絶えず自分の作っているものを否定し、疑ってかかる声を持ち続けられたとしても、それが創作の一人相撲を批判できるのは、半分までである。

残りの半分は、いうまでもなく、人の意見を聞くことによって得られるはずだ。創作というと孤独な作業のように思い込んでいる人がいるようだけれど、それは事実に反しているし、孤独の意味を誤解していると思う。集団でなければ作ることのできない映画やアニメやゲームといった創作で、人の意見を聞く必要があるのは容易に理解できるだろうが、小説の創作だって同じである。

「僕は石川さんのクリーチャーです」

これは私が、のべつまくなし口にしている言葉だ。石川さんとは小学館の文芸編集者である。私は石川さんに原稿を読んでもらって、それで小説家になれた。石川さんなしでは、私は小説家になれなかった。これは断言できる。そして小説家になれなければ、今ここに書いている文章も、他のいかなる文章も存在せず、従って私は存在しない。私は石川さんのクリーチャー（被造物）なのである。

重要だと思うのは、この言葉を口にして本気にしない編集者は、石川さんただ一人だということだ。ほかの編集者は皆、納得してくれる。石川さんだけが、いや藤谷さんは僕が見つけなくてもきっと小説家になっていたでしょう、という。それが私へのお世辞になると思っているらしい。しかしそんな仮定は私には考えられないし、考えても意味はない。

編集者は小説家の書いた原稿を読み、感想をいう。この感想でおべんちゃらをいう編集者は、まあそれなりに考えがあっていうのだろうが、私の仕事をする人の中には滅多にいない。といって原稿をあしざまに罵る人もいない。編集者は小説家の原稿をいちはやく理解し、意図を汲み、その上でいうべきことをいう。

編集者の感想を相手にしないとか、俺の原稿に指図をするなという小説家がもしいたら、その小説家は、驚嘆すべき天才か、もしくは雑魚であろう。小説家の値打ちは、編集者の感想をどれくらい自分のものにできるかにかかっている。

そしてこれは、いい小説家は物わかりがいいという意味ではまったくない。私の場合に限った話だが、編集者に手直しを要求されるのは、いい気分ではない。そもそも最初に編集者へ原稿を見せる段階で、そのまま出版してもいいというものを渡しているつもりだからだ。石川さんを含め、編集者に求められた原稿の直しで、今でも納得できない気持ちでいるものはいくつかある。

さて。作者というのは、人に何をいわれようと、納得できない作品の改変など、してはいけないのではないだろうか。それは創作行為の冒瀆ではないだろうか。そこがそうではないのが、創作の不可思議で、恐ろしいところだ。

一例を挙げると、石川さんとの仕事の最初期のものに『おがたQ、という女』がある。この作品の後半約百二十枚は、石川さんのアドヴァイスを受けてまるっきり書き直した。この小説は新潮新人賞で最終候補に残って落選したものだが、その際には今ある小説とは、全然違うストーリー展開だったのである。当時の私は今以上に自信がなかったし、プロの編集者にいわれたら素直に直さなければいけないと信じて疑わなかったから、まったく別の話を考えて書いた。もとの話では新人賞を落選し、直したそれは出版され、文庫化もされたのだから、直したのは正解だったのかもしれない。では私は納得しているか。している。もとの話は、今考えればひどかった。しかしそれは同時に、私という小説家は、一人でならひどい話を書いてしまう程度の奴だ、ということにもなるわけだ。そこが納得いかない。編集者に指摘されて初めて、手直しの必要に気がついたのに、直したのだって俺なんだからと、世に出た作品を自分の手柄にしてしまっていいのだろうか。

よくない。それは私と編集者の協働創作だ。しかしそれは同時に、完全に私の作品なのである。どういうことか。私が一人で書いたものに、編集者が手直しを要求し、その要求に私がいらいらしながら応じて、結果よりよいものにして完成させる。それは私が、私と世界の戦いにおいて、世界を支援したということである。私は私の作品において、編集者の意見を受け容れた分だけは、私の味方をしないでいられたことになるのだ。

うわー最後に藤谷が自画自賛したぜ、と思われても構わない。商業出版社から有料の小説本を出すとは、その小説で人からお金を取ってもいいと私が思っているのと同じである。恥を知れと私は、私に向かっていっている。だが恥を本当に知っていたら、こんな商売はしていないだろうし、こんな原稿も書かないであろう。これもまた私と世界の戦いであり、私は世界を支援するしかない。常在戦場というわけだ。なかなかしんどい。

# 地震をまたぐ

東日本大震災の始まった、二〇一一年の三月十一日から数日のあいだ、私は……。駄目だ。こんな風には書き始められない。

一体、東日本大震災に関わることを書こうとすると――それはとりもなおさず、あれ以来のすべての話に関わるわけだが――、どうにも落ち着かない。

どんな文章にも、書かれるときと読まれるときのあいだには、時間の差がある。今書いたものを今読まれるということはない。書かれてから数日後というわけにもいかない場合が殆どだ。まずこの文章をあなたが読むのは、私がこれを書いている数ヶ月、一年、あるいは数年後のことだろう。私には死後の名声など望むべくもないが、何かの拍子で数十年後にこの文章が誰かの目にとまるということも、まったく考えないでいいわけではない。

こういうことを考えるとき、常であればそれは、「だから後世に恥じない文章を書こう」とか、「普遍的に通用する内容を心がけよう」ということになるのだろうが、今の私は、そういう「常」の中にいないと思っている。日本列島が地震活動期にある中に、今自分はいると思っている。とりわけ首都直下型地震と、南海トラフ地震と、富士山の噴火は、喫緊の、しかし未だ生じていない自然災害として残っている。それがどんな規模で、どんな恐ろしいことを生ぜしめるか、まったく不明の中で、今の私は生きている。それは大したことがないかもしれない。恐れているほどのことは何もないのかもしれない。私は怯えすぎなのかもしれない。判らない。そしてその判らないことは、いつ起こるのかも判らない。明日かもしれない。数年後かもしれない。数週間後かもしれない。

そんな中で、「あの地震があったとき」とか「3・11」といった言葉が、読者とどのていど感情を共有できるものなのか。未来にしかいない存在、すなわち今の私にとっての未来をすでに知っている存在である読者は、今の私（たち）が「東日本大震災」と呼び習わしている災禍を、どのようにとらえているのか。異国の読者や千年後の読者のことではない。下手をするとこの文章がまとめられて上梓されるときには、すでに何事かが生じたのちであるかもしれないのだ。そう考えると、私は落ち着かないのである。

いうまでもなく、私はひどく馬鹿なことをいったことになるかもしれないと、覚悟の上でこう書いているのである。たとえ今後どこで大きな災害が起ころうとも、それをもって東北の地震が比較的に小規模であったことにはならない。日本を愛する人の心象に大きく残る災害であることに変わりはない。さらにいえば、私が「震災以後」というとき、それは今後起こるであろう関東、南海の地震と、富士山かもしれない東日本の火山噴火への恐怖を含んでいる。すでに済んだことでは決してない。

これだけのくだくだしい断り書きに続けて、ようやく本題に移る。

東日本大震災の始まった、二〇一一年の三月十一日から数日のあいだ私は、どうしたらいいいか、判らなかった。

東京も揺れたけれど、私の周辺には実害は少なく、電力の不安と、それに伴う交通と、流通の不安のほかには、いのちに関わる心配事はなかった。だから最低限度の生活と仕事はしていた。けれども何をやっていても、これをやっていていいのだろうか、こんなことをやっている場合ではないのではないか、という気持ちが常にあって、何ひとつ手につかなかった。

仕事について、ことに思い悩んだ。『花のようする』（ポプラ社）という小説を、雑誌に連載中だった。

書き続けていいのか。書き続けられるものなのか。

二年も経てば古臭くて読めたものでなくなるような小説を、書こうと思ったことは一度もない。だがこのような、文字通り驚天動地の惨禍が起こった後では、昨日までの小説など、幼稚な閑文字にしか見えなくなってしまうのではないか。未来にいる読者からはもちろん、現在の私自身からも相手にされないようなものを、私は今まで書いてきたのではないか。今書き継いでいるものが、そのようであるとしたら、そんなものを書き続けていいのか。

また私は今や、別のものを書きたいと思っているのではないか。こうして不意に訪れた、全く新しい状況に即応した、危機意識の高いものを書きたいのではないか。そういう別の小説を、臨機応変に書き始めるべきではないのか。昨日まで書いていたようなものを、今日からの私は書き続けられるものなのか。

こうして改めてあの時思ったことを文章にしてみると、いかにも夜郎自大で馬鹿げている。大きな衝撃は人を幼児化させるのだろう。新状況に合わせた、別の小説を具体的に思いつけなかったため、震災に飛びついて軽薄な小説を書かずには済んだ。それまで書いていたものを書き継ぐこともできた。流通の不安定と原発事故による水の害が恐ろしく、仕事について考えられる時間の余裕が少なかったこともさいわいした。

東日本大震災は、二十一世紀前半に生きている私に、自分の無力を見せつけた。自然現象によって、私が護られているわけではないこと、自然によって生命や財産を不意に奪われることがあるということ、人間があまりにも力弱いこと、容易に不安の虜となり、途方にくれてしまうことを示した。私はそれを見た。自分の中から、そういった脆弱な自分自身があらわれた。

しかしそれを私（たち）が、これまで知らなかったとはいえない。小説家は自分を見、人間を見る職業である。自分がそういう存在であると、知らずにここまで来たわけではない。

本が上梓されると、出版社は著者にその本を何冊か贈ってくれる。私の本棚の一郭にも、著者贈呈本が並んでいる。私はそれらの本の背表紙をじっと見ながら、これまで書いてきた小説を一つひとつ思い返してみた。文章や物語を、改めて読み返すのではなく、それらを自分が、どんなつもりで書いたのだったかを、思い出してみた。

私には同じことを二度書きたくないという気持ちがある。ひとつの小説に託したことは、その小説で書きつくしてしまいたい。それでいて自分が今書いている小説に託していることを、書いているときにしっかりと把握しきっていると自覚できたためしもない。結局、完成できた殆どの作品が、眼高手低、意余って力及ばないものになっている。だいいち、いいたいことはコレコレだ、などと思って筆を執ったことは一度もない。よくいえば霊感に導かれて、悪くいえば思いつきにしがみつくようにして書き始める。「落としどころ」（嫌な言葉だ）を決め、そこを狙ってスタートを切った小説なんてつまらない。

しかしそんな風にしてでも、二作三作十作と書き続けていると、そこにはおのずから私の発想の基点が、意図的に作ったわけでもないのに、浮き彫りになってきているのが判る。

どうやら私は、人間のいとなみや人生、運命や対人関係といったものを、根本的に「何がなんだか判らないものだ」と感じていて、そのことに最も重きをおいているらしい。落としどころを嫌って、ゴールの見えないまま書き始めるのも、そんな生の総体への違和と不明が軸になっているかららしい。生きるとは結局、何が起こるか判らない。何がなんだか判らない。意味も決着もつかないものである。

その一点に、自分がこれまで小説を書いていた、これからも小説を書き続けられる、そう自分自身にいいうる、一縷の望みがあった。私はこれまでも、人間が進むのはまっすぐな道でも一本道でもなく、道でさえあるかないか判らないところへ進んでいるのだと書いていた。人生の意義とか運命とかいう言葉は、そのなんだか判らないところをある程度進み終えたのちに、振り返って初めて語られる言葉なのだということをわきまえていた。

そうであれば、これまで書いたものと、これから書くもののあいだに、恥ずべき齟齬は生まれないだろう。震災があった、今までのことはなかったことにして、さあこの衝撃を小説に、などという振る舞いは、してはならないし、する必要もない。地面が揺らいで私は大いに慌てふためいたが、それが人間の自然であると、私は知っていた。生きているのを当然事とは、思っていなかった。

こんなことは小説家ならずとも、ある程度の人生経験があれば誰もが抱く感慨にすぎないだろう。人生は判らないなんて、あらためていうまでもない。

しかしこれは小説について私の持っている、唯一の有効な心である。ほかの側面――世俗的な地位とか、私の小説の売れ行きとか、評価とか――は、まったく武器にならない。震災はありましたが、どうぞいつものように小説を書いてくださいと迎えてくれる世間は、私の小説には存在しない。震災がありましたので、ひとつそれについて何かお書きくださいとは、ましてやいわれるわけがない。自分で自分を納得させなければ、書き進めることはできないのだ。一縷の望みというのは、決して慣用句的な表現ではない。

# 雪国と今と

今年（二〇一三年）の二月、僅々《きんきん》二週間ほどの間に、川端康成（一八九九〜一九七二）の全集未収録作品が発見されたという報道が相次いだ。

鶴見大学の図書館が、「勤王の神」なる二十一枚の未発表短篇を川端作と認めた。その数日後に雑誌『新潮』（二〇一三年三月号）が、同じく未発表の翻案作品「星を盗んだ父」を掲載、さらに数日して今度は福岡市文学館が、当時の福岡日日新聞に連載された「美しい！」という作品を発見した。

いずれも川端二十代の作とおぼしきものだそうだ。世間でどう思われているか知らないが、川端康成という人は、なかなかに書き飛ばした人であったようだから、全集や書誌に残っていない作品も少なくないに違いない。それにしても、これほど短期間に次々と発見されるのは面白い。まだ出るかもしれない。

川端康成の文業は私にとってさまざまに大きい。金のために書き飛ばしたことも含めて、自分がこうして書き進めていくうえでの励ましになっている。東日本大震災が始まってからは、とりわけ大きな指針、また勇気となっている。

凄まじく揺れてから一週間というものは、書けなかったし、書けそうにも思えなかった。それはたまたま、今日明日急ぎの仕事が、ちょうどない一週間でもあった。締め切りのある連載原稿は、数日前に片付けたばかりだった。けれどもそれだけに、自分への焦りを感じた。このまま書けずじまいの人間になってしまったらどうしよう。ほかの仕事で今のように働ける自信はない。大学とか、カルチャー・スクールにコネのありそうな知り合いはないかと、あれこれの顔を思い浮かべた。貯金はどれくらい残っているだろう。そんなことまで考えた。

今の私は、当時の自分を小馬鹿にした気分で書いているけれど、その時はかなり切実で、掌に汗をかきながら、毎日一人で座っていた。

思い詰めた挙句、私がしたことというのは、川端康成の『雪国』を読むことだった。自分の中に手がかりが何もないのだから、先人に学ぶ、あるいは励まされるほかはなかった。先人なら誰の何でもよかったわけではなく、直感に導かれたのでもなかった。『雪国』には以前から考えるところがあった。

私は『雪国』の本を八種か九種、持っている。解説が読みたかったり、歴史的かな遣いで読みたくなったりしたためだが、中でも大切にしているのは岩波文庫版、つまり現行の、最もありふれた文庫本と、古本屋で買った創元社版である。

岩波文庫の『雪国』には、作者の「あとがき」が付いている。「あとがき」は一と二に分かれている。「右〔「あとがき」の一〕は創元社版『雪国』（昭和二十三年十二月発行）の『あとがき』である」と、「あとがき」の二は書き出されている。

だが私の持っている創元社版というのは、それではない。その十年以上前、昭和十二年に初版の発行された本である。そして初版ではない。いかに古書価格の暴落したこんにちでも、『雪国』の初版が私の手の届く値段になることはないだろう。

しかし今も私の目の前にある本の奥付は、初版では味わえない滋味の溢れる奥付である。

まず、

昭和十二年六月七日印刷
昭和十二年六月十二日発行
昭和十四年六月一日三十八版発行
昭和十四年六月五日三十九版発行

と、驚くべき発行記録が記してある。

当時の文芸書の増刷が、こんにちのように一度に数千、一万、あるいは数万部も作られたわけはない。数百部、あるいはせいぜい千部か二千部ほどだったのではなかろうか。そうだとしても二年間に三十九版である。しかもそれは三十八版の四日後である。推察するにこれは、三十八版と三十九版の発行日時があまりに近いために、奥付のみを付け替える煩を避け、両版に共通した奥付を作ったのではないだろうか。驚異のベストセラー、と、下品な表現をしても構わないような売れ行きだ。

もうひとつ、奥付にはこの本の定価が書いてある。定価が、二種類ある。ひとつは太字で「定価一円七十銭」とあるが、その脇、奥付の囲み線の外に、こうある。

満州・朝鮮・台湾・樺太等の
外地定価一円八十七銭

昭和十二年は、日中戦争開戦の年である。昭和十四年は、第二次世界大戦開戦の年である。岩波文庫「あとがき」の一は、「『雪国』は昭和九年から十二年までの四年間に書いた」と書き出されている。昭和十二年に出した「旧版本」以後の経緯も書かれている。

昭和十五年十二月号の『公論』に「雪中火事」、その続きを昭和十六年八月号の『文藝春秋』に「天の河」という風に書いてみたが失敗した。それを再び昭和二十一年五月号の『暁鐘』に「雪国抄」、昭和二十二年十月号の『小説新潮』に「続雪国」と書いてみて、とにかく終った。創元社の旧版本からちょうど十年後である。

昭和十六年は太平洋戦争開戦の年、昭和二十年は敗戦の年。

川端のいう旧版本、今私の机上にある『雪国』は、現行の岩波文庫版、百五十八頁までで終わっている。引用文中の「雪中火事」というタイトルからも判る通り、あの印象的なクライマックス、繭倉の火事の場面は、戦後に書き加えられたもので、「外地定価」のある旧版本にはない。

昭和九年から書き始められ、昭和二十二年に「とにかく終った」この『雪国』という小説に、戦争という文字はない。銃声も砲声も聞こえない。

私の作品のうちでこの「雪国」は多くの愛読者を持った方だが、日本の国の外で日本人に読まれた時に懐郷の情を一入《ひとしお》そそるらしいということを戦争中に知った。これは私の自覚を深めた。

外地定価一円八十七銭でこの本を手に入れた人々にとって、この小説はなんであったろう。

国境の長いトンネルを抜けると雪国であった。夜の底が白くなった。信号所に汽車が止まった。

この冒頭の美しさは比類ない。だが、いかに美しいにしても、この冒頭句がどうしてこうも名高く、引用するのも陳腐なほど、人口に膾炙しているのか。

理由は恐らく明白である。当時の人々にとっても、現在の我々にとっても、自分の今在る人生を抜けて雪国へと至るトンネルなど、現実には存在しないからである。雪国へ行けば駒子がいる。私を、あなたを、なんの理由も条件もなしに愛してくれる、哀しく美しい女がいる。山。火燵。雨。長唄。女の酔態。雪国ではすべてが、すみずみまでが、せつなく忘れがたく、そこにいて私は、あなたは、ただ愛されるばかりである。愛されることにあなたはなんの責任もなく、残金の心配もしなくていい。戦況の変化も、放射線量の推移も、気にする必要はない。そんな雪国は実在しないのだ。上越新幹線で現実の越後湯沢に行って、温泉芸者を時間で買ったとしても、そんな遊びは「雪国ごっこ」にもなりはしないだろう。

雪国へ至るトンネルは、ただこの小説の中にだけ、この一冊の本の中にだけある。翻っていえば、現実のあなたが戦地にいようと、植民地にいようと、緊急避難場所にいようと、この一冊の本をさえ開けば、私たちは雪国に辿りつくことができる。

それはしょせん、無益な逃避である。無意義な遊びである。そして、それこそが小説の役割であり、価値である。逃避のために身を削り、遊びのために美を追い求めること。川端のいう「自覚」とはそのことだと、今の私は確信している。『雪国』と同じかそれ以上に売れた『伊豆の踊子』には、怏々《おうおう》として楽しまなかった川端だが、『雪国』には強い思いを抱いていたらしい。牧羊社から『定本雪国』を出したのは、昭和四十六年、死の前年のことである。名匠が後半生に亙《わた》って彫琢を怠らなかったともいえるだろう。自死決行にあたって心残りをなくしたともいえるのかもしれない。

震災と戦争を同断に扱うことはできない。あの戦災はこの震災よりも破壊的だった。人心も荒んだ。そんな中にあって川端は、美しくて悲しく、貧しげではかない、まぼろしの空中楼閣を作るために、心血を注いだ。

私には『雪国』の達成など及びもつかない。だがせめて、その「自覚」をだけは、忘れずにおきたい。

圧倒的な大事があって、そのために今まで書いてきたことが色褪せるとしたら、それは大事のあった以前から、すでに色褪せていたのである。

# 芸術について——アドルノを読みながら

# マーラーの音楽／小説

ドイツの哲学者テオドール・アドルノ（一九〇三～六九）の著作を、趣味で読んでいる。

これは今の私にとってとても大事なことに思える。アドルノを読んでいることも、それが「趣味」であることも。だがどこがどう大事であるのか、ただ読んでいるだけでは、自分自身にすらきちんと説明できない。ここでちょっとこのことについて、思うさま書いてみたい。それはきっと、単に私一人にとって大事なことでは終わらないはずだ。

まずはなれそめから。

今ではそんなこと、誰も憶えていないだろうが、二〇一一年というのはグスタフ・マーラーの没後百年にあたる年であった。前年からクラシック・ファンのあいだではちょっとした祝祭気分が盛り上がっており、映画ができたり、出版物も出たりした。もちろんCDも山のように出た。このところクラシックのCDは価格破壊が起こっている。おかげで私もEMIから出たマーラー全集を数千円で手に入れることができた。十六枚組みのボックス・セットである。歌詞カードもついていた。

それまで私は殆どマーラーを聴かないでいた。コンサートで聴いたのはたった一回、ディートリヒ・フィッシャー＝ディースカウが歌うマーラー・ツィクルスを聴いた。これは今でも陶酔の記憶として残っているが、それは私にとってマーラーの音楽というより、フィッシャー＝ディースカウの音楽であった。彼のコンサートのチケットは、シューベルトのプログラムもフーゴー・ヴォルフのそれもあっという間に売り切れてしまって、マーラーだけが手に入ったのである。七十年代後半のことだと思うが、当時マーラーは日本では決して人気ある作曲家ではなかった。

レコードも一枚しか記憶にない。それはブルーノ・ワルターの指揮する交響曲第一番「巨人」で、ごつごつした岩の巨人がジャケット写真だった。これは中学生になるかならずの頃に、二回くらいは聴いただろうか。第三楽章のコントラバスから始まるメロディは記憶に残ったが、特に印象的だったとは思わない。マーラーは長い。「巨人」は一時間弱の曲である。それで恐らく彼の交響曲の中では、最も短いのではないか。子供がただ聴いたって、やけに勇ましいわりには取りとめがなく、半分以上は退屈だなあとしか思わない。

その程度の子供がそのまま大きくなって、ただ全集が安く手に入ったからというだけの理由で聴き始めたんだから、何がなんだか判らなかった。判んねーなーつらいなーと思いながら聴いた。

それはいうまでもなく、素晴らしい体験だった。人間四十を過ぎると、大抵のことには驚かなくなる。目新しいものにも既視感がある。くだらない音が一時間鳴り続けるのなら相手にしなければいいだけの話だが、マーラーの音楽がとてつもなく美しいことは最初から明らかだったから、これを受け止めよう、理解しようと、耳と精神が前のめりになるのはひとつの挑戦といってよかった。判り易いもの、つらくない芸術ばかり選んだり、判らないからといって放り出すのは、命数に余裕のある幼稚な人間の特権だろう。

これはただ聴いても駄目だと私はマーラーのスコアを買った。第一交響曲のスコアを買い、聴きながら読み、ざっくりとでも把握できたと感じると、第二交響曲のスコアを買った。こうやって九つの交響曲と「大地の歌」「リュッケルトの詩による歌曲集」、それに第十交響曲のアダージョのスコアを揃えた頃には、その年も終わりかけていた。

もちろんその間に大震災があった。心の混乱と不安から少しでも立ち直るために、小説は『雪国』を読んだが、音楽はマーラーの第二交響曲を聴いた。これは「復活」と呼ばれる交響曲で、長大な終楽章はオーケストラと混声合唱によって締めくくられる。「私は生きるために死ぬのだ」。……私は生者としての役割を思った。

マーラーの音楽を聴けば、マーラーの楽譜が読みたくなる。さらにはマーラーについて知りたくなり、ブラウコプフの書いた伝記を読んだり、妻だったアルマ・マーラーの『グスタフ・マーラー 回想と手紙』(白水社)を読んだりした。吉田秀和氏のマーラー論もまとめられて文庫になった(これは初心者には難解だった)。そうやって書店の棚を漁っているうちに、私はテオドール・W・アドルノの書いた『マーラー 音楽観相学』(法政大学出版局)と出会った。

私はこの世で人としてなすべきほぼすべての事柄において無能な男だが、一冊の本が自分に伝える親和力を感知する能力にだけは自信がある。手にとっただけでこれは私にとってどの程度大切な本であるか判ることもある。目次を見て、最初の数頁を開けば、あやまつことはまずない。アドルノの『マーラー』には最高度の親和力があった。そして読み始めると、これは生涯の友となる本だった。

ついでながら、「生涯の友となる本」とはどういうものかについて書いておく。読んで面白い本というのは、掃いて捨てるほどある。これは頁がどんどんめくれて、読み終わったら用済みになるような本のことである。必ずしも人生に無用の本とはいえない。旅の途中や仕事の合間など、待機中の暇つぶしにはこういう本が必要になる。ただし読み終えたときに残る、「物体としての本」が厄介だ。友だちにあげるのがいちばんいい。この手の本は古本屋に売っても二束三文にしかならないから。

良書も数多い。知見を深める本のことだ。良書は自分の経験や感情に意味を与えてくれる。つらい経験を肯定してくれる。哀しみに溺れた感情を励ましてくれる。これはもちろん大事な本である。本棚に取っておいて、折にふれ読み返すにあたいする。ただ、贅沢なことをいえば、あなたや私の経験を肯定し、感情を励ましてくれるということは、しばしばそれら経験や感情を、甘やかしてくれることに通じることがある。あなたの経験に、その経験には意味があるといってくれたり、悲しんでいる私に、悲しんでいいんですよ、といってくれるのが良書であるとすれば、良書は実は、自分が自分に惑溺するのを助長する本になりかねない。そして誰がなんといおうと、自己憐憫や自己肯定は、私が私であるために絶対必要である。悪いことでは決してない。ただ、自己の枠からあまり外へは出て行かないというだけだ。

しかし「生涯の友となる本」は、生涯の友と同じくらい、見つけ出すのが難しい。ただし人間の生涯の友よりは、たくさん見つけられる。生涯の友が十人も二十人もいるなんて人はまずいないだろう。

生涯の友となる本は、通り一遍に読むこともできなければ、こちらの知的水準に合わせてくれることもない。一見きわめて難解である。しかしただ難解な本であるなら、そんなもんはこっちから放り出してしまえばよい。無駄な難解さを有難がって、無理に付き合うほど人生は長くない。生涯の友となる本は、難解なのに、読まずにはいられない本である。それは読者であるこちらを、甘やかしもしない。肯定すらしてくれない。それでも読む気にさせる本、それが生涯の友となる本である。これを見つけるのは容易なことではない。どれがそういう本なのかを見定める基準は、個々人の中にしかないからだ。だが見つけるまで苦労するだけの値打ちはある。

アドルノの『マーラー』は、だから、ただ私一人にとってのみ、生涯の友となる本である。すべての音楽書同様、『マーラー』もマーラーの音楽を知っている読者に向けて書かれているから、ここでこの本にどんなことが書いてあるかを紹介したところで、私にとっての魅力を伝えられるかどうか、極めて怪しい。たとえば、「驚くべきことに、マーラーは来るべきものを、過ぎ去った手段によって予感している」という箇所に、私は鉛筆で傍線を引いているのだが、これがマーラーの音楽を聴いて感じる印象を、音楽学的分析の結果としていかに的確に描写しているか、余人に理解して貰えるかどうか、アドルノにどっぷり浸かっている今の私には判然としない。こういう時は、読者には伝わっていないと思っておいた方がいいのである。

だからこの本を真正面から紹介しようとするのはやめにして、私がこの本に、これから何度も立ち向かうことになるだろうと思う、その最も判り易い理由をひとつだけ挙げておこう。それはこの本の第四章のことで、これは音楽と哲学の本であるにも拘らず、「小説」と題されているのである。

マーラーが作曲に用いる「音楽的素材は月並みだが、演じ方は至高である」とアドルノは書く。これは、マーラーの音楽に実にしばしば、民謡めいた、あるいは軍楽隊のマーチめいたメロディなどが現れることをいっている。しかしその演じ方は至高、というのは、そういった卑俗なメロディを、交響曲として「高度に追求」していることを指す。これに続けてアドルノは、「小説の中の小説と言えるフロベールの『ボヴァリー夫人』における内容と様式との布置関係は、まさにこれと同様であった」と書いている。

周知の通り『ボヴァリー夫人』は、完璧なまでに的確な描写と、作者当人の事情や感傷とは徹底的に無縁な小説世界の構築によって、「小説の中の小説」と呼ぶにふさわしい完成度に達した傑作だが、ストーリーは新聞の三面記事に載った田舎のスキャンダルに基づいている。まさに「月並みな素材と、至高の演じ方」。この相似から「マーラーの形式は、歴史哲学的に長編小説《ロマーン》の形式に近づく」とアドルノは指摘する。

ここからこの論文は、マーラーを語りつつ小説をも語るようになる。その考察は、小説の構想の根本に触れ、小説がいかにあるべきかを示唆し、さらには小説創作の原論的なヒントともなっている。それはいわば、理想的な小説のひとつのあり方として、マーラーの音楽を論じていると読めるのだ。

彼の交響曲は、いわば「絶対オペラ opera assoluta」なのである。マーラーの小説的な交響曲は、オペラのように情熱から湧き出て、また流れ戻る。彼の作品にあるような充足の部分は、他の絶対音楽よりもオペラや小説の方がよく知っているようなものなのだ。

もちろん私は、今ここでアドルノから示唆を受けた小説の根本、あるべき姿、その原論を、かいつまんで明かしたりはしない。アドルノはかいつまめない。そして非常に難しい。だいいち、マーラーの音楽を苦労して聴き、スコアを読み、難しいアドルノを読んでようやっと手に入れた小説への大きなヒントを、おいそれと口走るほど私はお人よしではない。アドルノの著作が私にとって大切な哲学だと発見した、そのことだけ語れば充分である。料理店と同じで、隠し味は企業秘密だ。

# 「名言」の変遷

## 1　アドルノの一番知られた言葉

『マーラー』と対話するようにして、しかし苦労に苦労を重ねて読み終えると、アドルノのほかの本も読みたくなった。ところが、なんせマーラーの本を読もうと思ってアドルノの本を読んだんだから、アドルノがどこのどんな人だか、殆ど知らなかった。

これは私にとっては珍しいことである。本というのは交差点みたいなもので、必ずどこかに道がつながっている。同じ著者の違う本につながっているし、その本を扱った別の人の本にもつながっている。本の中で他の本を論じていることも少なくない。本を読む人間はそういう、一冊の本の交差点性を利用して次の本に進んでいく。私はけっこう本を読んでいるし、その中の何パーセントかは哲学の本だったわけだから、そのどこかにアドルノの名前が出ていてもおかしくない。実際名前はあったのだろう。だが思い出せない。私が八十年代のニュー・アカデミズム・ブームに乗っかって読んだ哲学書は、フーコーとかドゥルーズとか、二十世紀後半のフランス哲学ばかりだった（のちに聞きかじったところでは、戦後フランスの脱構築哲学もアドルノの影響を受けているらしいが、そこまできちんと読んでなかった）。

『マーラー』を読んでいる時点で、私が持っていたアドルノに関する知識はゼロに等しかった。実際私はアドルノについて、知識ともいえない、情報のかけらみたいなものを、たった二つ持っているだけだったのである。ひとつは少年時代の思い出で、おじいさまの本棚に、『マーラー』と同じ著者、同じ装丁（法政大学出版局の本は、どれもこれも同じ装丁みたいなもんだ）で、『アルバン・ベルク』という本があった、というものである。私はその頃、ベルクのオペラ「ルル」が大好きだった。しかしベルクに関する本はなかなか見つけられなかった。今でもベルクの専門書は、日本には殆どないだろう。しかし当時はたった一冊しかなくて、それがアドルノのその本だったのである。私はそれを読みたかった。けれども途中をぱらぱらめくって、完璧にちんぷんかんぷんだったので諦めたのを憶えている。本にはおじいさまの雑な書き込みやアンダーラインが鉛筆で引いてあった。

もうひとつの情報は、批評家の仲俣暁生さんが『いつか棺桶はやってくる』の文庫版に書いてくれた解説文の一行である。そこにはこうある。「かつてテオドール・アドルノは、『アウシュヴィッツ以後、詩を書くことは野蛮である』といった」

この恐ろしい言葉があることは、前から知っていた。ただそれがアドルノの言葉であるとは知らなかった。同じ下北沢で原稿を書いている仲間として、仲俣さんとは何度も会っているが、アドルノって誰？ とは訊けなかった。そういう話題にならなかったのを幸い、まあいわば知ったかぶりをしていたわけである。そういうことは、年を取れば取るほど、まま起こる。『マーラー』を読むまで、誰がどんな名文句を吐いたかなんてことは、私にはどうでもよかったわけだ。しかし今やこの一行にすがりつく思いである。さっそくこの言葉が、アドルノのなんという文章にあるものかを調べた。インターネットはこういう時のためにある。

それが『プリズメン』という論文集に収められた「文化批判と社会」というエッセイにあることが判った。それが渡辺祐邦、三原弟平訳によって、ちくま学芸文庫から出ていることも判った。ところで筑摩書房が、なぜ現在に至るまでこの『プリズメン』を品切れにしているのか、私にはまったく理解できない。ちくま学芸文庫はベンヤミンもハンナ・アーレントも出しているのに、この、一般常識人がコモン・センスとしてアドルノを読むのに最も好適な一冊を、品切れのまま放置しているのはどういうことだろう。のちにアドルノを読み進めて行くにつれ、私はこの『プリズメン』を、『ミニマ・モラリア』や『否定弁証法』『美の理論』と並んで、アドルノの現代における重要性を端的に示す本だと考えるに至った。そして今挙げた中でただ『プリズメン』だけが、文庫本として廉価に入手できるものなのである。それが書店にない。しょうがないから私は古本屋で手に入れたが、はっきりいって書店の書架が『プリズメン』を欠いているというのは、『ソクラテスの弁明』や『地下室の手記』や『行人』を欠いているに等しいと思う。これらの広く知られた思索が、時代を超えて今現在の人間に訴えてくるもの、考えさせる力があるのと、『プリズメン』の現代性、訴求力は、いささかも遜色がない。「文化批判と社会」は、アドルノの思想の辛辣さと、アドルノの文章のねじくれ曲がった難解さが、同じ根を持っていることを、端的に示した文章である。思想は難解だが文章はすっきりしている哲学者はいるだろう。逆に文章は難解だが思想は単純という哲学者もいるかもしれない（そんな哲学者はただの無能だが）。アドルノも、小難しい文章のわりには大したことをいってないと批判されることもあるようだ。そして私は、今やちょっとしたアドルノ・ファンだけれど、この批判を必ずしも不当とは思わない。つまりアドルノの思想が難解だとは思わない。けれども、だったらもっと読みやすい文章を書けよテオドール、とも思わない。アドルノは、単純な文章では書くことのできない単純なことを書いている。そして「文化批判と社会」は、その、単純な文章では書くことのできない単純なこととは何か、についての文章なのだ。

> 文化批判者は文化が気にいらない。だが、彼が文化を不快に感じることができるのは、ひとえにその文化のお蔭なのである。〔中略〕批判者の空虚な虚栄心は文化の空虚な虚栄心を助長する。
>
> （アドルノ「文化批判と社会」）

そして文化と文化批判は、相互に助け合い、依存し合うようになる。文化は批判されることによって、批判されるほどの大物なんだと思わせることができるし、批判者は文化の持つ権威にひるむことなく立ち向かうことで、権威を手に入れる。

これが「単純なこと」である。文化も文化批判も同じ穴のムジナだといっている。しかしそれを単純に書くことはできない。なぜならアドルノも、この文章も、文化以外の何者でもなく、文化批判以外の何者でもないのだから。アドルノの書くものは、アドルノの書くものを弁護しない。アドルノの存在を弁護しないのである。しかもそれは、単なる謙遜とか自己を卑下する態度などという、生易しいものではない。

文化批判的な言動は、既存の社会の内部での行動であるというその普遍的前提においても、それがくだす具体的判決においても、それ自体がつねに批判にさらされている。（同前）

文化と文化批判の相互依存は、やがて文化と文化批判の区別がない「暗澹《あんたん》とした統一社会」を作る、とアドルノはいう。

世界は野外刑務所になり、そのなかではもう何が何に依存するかは問題ではない。それほどすべてが一体となる。〔中略〕虚偽意識という本来の意味でのイデオロギーはもはや存在せず、存在するのはただ、その複製による世界のための広告と、人々に信じられたいと思うどころか沈黙を命じる、煽動のための嘘だけになる。〔中略〕唯物論的に透明な文化は、より唯物論的に誠実になったのではなく、単に低級になったにすぎない。〔中略〕今日では、すべての伝統的文化が、中性化され、しつらえられた文化として、なきに等しいものになっている。〔中略〕すると次に、文化をこういう屑として扱う大衆文化の荒稼ぎ屋たちが薄笑い

しながらそれを指摘できることになる。（同前）

人間が、自分たちの作ったものに支配されてしまうことを、「物象化」というのだそうである。「物象化」は、アドルノの悲観的な社会観、文化観にとって、重要なキーワードであるらしい。

文化批判は、文化と野蛮の弁証法の最終段階に直面している。アウシュヴィッツ以後、詩を書くことは野蛮である。そしてそのことがまた、今日詩を書くことが不可能になった理由を言い渡す認識をも侵食する。絶対的物象化は、かつては精神の進歩を自分の一要素として前提したが、いまそれは精神を完全に呑み尽くそうとしている。批判的精神は、自己満足的に世界を観照して自己のもとにとどまっている限り、この絶対的物象化に太刀打ちできない。（同前）

という文章で、「文化批判と社会」は終わっている。これを、「ああこれは要するに、自己満足はしないぞというアドルノの決意表明みたいなもんなんだな」なんていう程度に理解をすれば、確かにこれは、小難しい文章にしては大して内容のないエッセイにしか見えないだろう。

何故に人類は、真に人間的な状態に踏み入っていく代りに、一種の新しい野蛮状態へ落ち込んでいくのか
（ホルクハイマー／アドルノ『啓蒙の弁証法――哲学的断想』序文）

ナチスを逃れてアメリカで暮らさなければならなかったアドルノは、この直截で単純な疑問、告発、抗議から、活発な思索を始めた。アウシュヴィッツのような残虐を成り立たせてしまう程度の段階に人類はいる。その事実を突きつけられているのに、なお平然と花鳥風月を謳うのは、鈍感というだけでは済まされない、というアドルノの言葉は静かで、絶叫よりもはるかに痛々しい。だがさらに悲痛な怒りに見えるのは続く言葉だ。詩を書くことが野蛮になった、そのことが、「アウシュヴィッツ以後、詩を書くことは野蛮である」のはなぜかを語る言葉までも、「人々に沈黙を強いる」「煽動のための嘘」にしてしまう。

こんな風に考える人間は少なくない。現実の暴虐の前に言葉は無力だ、といっているのと大差ない。何をいっても空しく響く、といっているのと同じようなものだ。

アドルノとそういう紋切り型の決定的な違いは、にも拘らず彼はそれを空しくしないという

ところだ。アドルノは徹底的に文化を批判し、文化批判を批判し、それを語る自分自身の言葉が「ひとえにその文化のお蔭」であることをも批判する。アドルノを批判する学者や学生は生前から少なくなかったが、彼らの批判はすでにアドルノ自身によって、あらかじめ書かれていたのである。

2　その後の「アウシュヴィッツ以後……」

文庫解説によると、「文化批判と社会」は一九四九年に執筆され、『プリズメン』は一九五五年に出版された。そして「アウシュヴィッツ以後、詩を書くことは野蛮である」という言葉は、ほどなくして多くの人に知られるようになったらしい。調べたわけじゃないがきっと知られたのだろうと思う。だってアドルノを知らない私だってこの言葉は知っていたわけだし、それにアドルノ自身がこの言葉を、何度もその後に書いたものに載せている。私が読んだだけでも、この言葉は二度登場している。そして二度とも、私にとっては極めて重要な記述が続く。

一度は一九六二年に書かれたエッセイ「アンガージュマン」にある。『アドルノ　文学ノート2』（みすず書房）に収録されている。アンガージュマンといったら、かつてはちょいと哲学的な聞きかじりを口走る学生なら、誰でも知ってる言葉だったが、今はどうなんだろう。「考えを持って社会に参加する」、という意味だと思うが、六十年代から八十年代にはおおむね「政治参加」と解釈されていた。アドルノはこの考え方に基づく芸術、つまり政治状況にコメントするための芸術を、「芸術と現実とのあいだの差異を抹消してしまう」として退ける。一方で「芸術のための芸術」も、彼は「現実との抹消しえない関係をも否定してしまう」として批判する。

このあたりは「文化批判と社会」にある、文化も文化批判も批判するあり方と同じだ。しかしこの文章でアドルノは、その先へさらに一歩踏み込んで、しかも文学に焦点をあてて語っている。それは、

アウシュヴィッツのあとに抒情詩を書くことは野蛮であるという命題を、私はやわらげるつもりはない。（アドルノ「アンガージュマン」）

と書き出されている。これがアンガージュマン文学と通底することを認めたうえで、アドルノは、しかし「文学はまさにこの裁断にこそ耐えなくてはならら」ないと書く。

> 文学とどのように関わるかということばかりでなく、文学そのものを取り巻く状況がパラドックス的なのである。有り余る現実の苦悩の過剰さは忘却されることを許容しない。「「一度目を覚ました者が」ふたたび眠りにつくことは許されない」というパスカルの神学的な言葉を世俗化しなくてはならないのである。しかしながら、ヘーゲルが苦難の意識と呼んだあの苦悩は、みずからが禁止する芸術がなおも存続していくことも要求する。芸術以外のどこにおいてこの苦悩は、おのれ自身の声を、みずからをすぐに裏切ることのない慰めを、なおも見出すというのか。
> (同前)

アウシュヴィッツ以後野蛮な振る舞いとなった詩、文学、芸術は、それでも、続けられなければならないのである。現実が忘却を許さないことと、それは矛盾しないし、矛盾してはならない。慰めが、苦悩する人間を裏切ってはいけない。

これは私が『雪国』を読んで考えたことと、相反する。私の感じ方では、川端康成は無益な逃避に心血を注ぐことで、現実の中にある人間を慰めている。アドルノが『雪国』を読めば、こんな竜宮城みたいな雪国がどこにある、この文学は、現実との抹消しえない関係をも否定しているではないか、この慰めは人間を裏切っている、というかもしれない。

これだけくどくどと、アドルノについて書き、アドルノの書くものに心酔している私だが、だからといってアドルノのいうことはいちいち正しく、他は間違っている、などとは、申し訳ないことに、これっぽっちも思わないのである。アドルノのおおせの通りにすれば、戦後の文学はサミュエル・ベケットしか読むに耐えないことになってしまう。アドルノを信奉するなどという態度は、アドルノ自身がおぞ気をふるうことだろう。アドルノを尊敬しながら『雪国』を愛するなどいい加減だ、と思う人間には、アドルノも川端も、文学も、芸術も、人間も理解することはできない。

そうであることを、ふたつめのアドルノ自身による「アウシュヴィッツ以後うんぬん」の言葉の引用箇所が、示しているのかもしれない。それは一九六六年に上梓された『否定弁証法』(作品社)にあらわれる。この巨大な文章はあまりにも難解で、文学や芸術についての論考でもなく、しかも(どうやら)人間の生にとって極めて重大な問題を扱っている(らしい)ので、ここでその全貌を紹介することはとてもできない。ただ該当箇所を引用するだけにとどめる。

永遠につづく苦悩は、拷問にあっている者が泣き叫ぶ権利を持っているのと同じ程度には自己を表現する権利を持っている。その点では、「アウシュヴィッツのあとではもはや詩は書けない」というのは、誤りかもしれない。

（アドルノ『否定弁証法』）

苦悩の表現としての詩は、アウシュヴィッツ以後もありうる、といっている。『雪国』もまた苦悩の表現であるといったら、あるいは牽強付会なのかもしれない。私は牽強付会と思っていない。アドルノが「苦悩」というところを、川端は「悲しみ」といっている。「哀愁」という、よく知られた随筆の、よく知られている部分は、次のような箇所である。

敗戦後の私は日本古来の悲しみのなかに帰つてゆくばかりである。私は戦後の世相なるもの、風俗なるものを信じない。現実なるものもあるひは信じない。

（川端康成「哀愁」）

この言葉の先には、「私は西洋風な悲痛も苦悩も経験したことがない」とも書かれている。私にはアドルノと川端が、互いを否定することによって、頷きあっているように思える。川端はアドルノより四歳年長で、アドルノの死んだ三年後に自殺した。言葉も文明も、服装すらも異にする、この敗戦国の文人たちは、同じ風景から終生逃れられなかったのかもしれない。

私にもうちょっと知性があれば、二人の言葉の共振を、きちんと書き記すことができただろう。印象しか書けないのは悔しい。筆力の限界である。私がアドルノを「趣味で」読んでいる限界でもあるだろう。

『否定弁証法』に戻る。先の引用で自分の言葉を「誤り」と、限定的には否定したアドルノだが、もちろん実際にはここだけでも、「アンガージュマン」での主張と矛盾もしていないし、「文化批判と社会」を敷衍しているだけだろう。しかしこの先の考察には、読んでいて戦慄するようなことが書かれている。

アウシュヴィッツは文化の失敗をいかなる反論も許さないかたちで証明し尽くした。アウシュヴィッツでのあのようなことが、哲学、芸術、そして啓蒙的な幾多の学問の伝統のただなかで起きえたということ、それは、こうした伝統が、つまり精神が人間を捉え、変革することができなかったということであるが、実はそれ以上のことを意味しているのである。すなわち、哲学、芸術、そして学問といった個々の枠組みのなかに、つまり、そうしたものが自立した自給自足的なものであるという激しい自負のうちに、実は非‐真理が潜んでいるということである。アウシュヴィッツ以降の文化はすべて、そうした文化に対する切なる批判も含めて、ゴミ屑である。

（アドルノ『否定弁証法』）

私はヘーゲルもマルクスも読んだことがないんだが、哲学書というのは、あんまりゴミ屑なんて乱暴な言葉は、使わないんじゃないだろうか。戦後の文化はひとつ残らずゴミ屑だ、などと断定する哲学書なんてあるんだろうか。一九六六年以後、文化はそれまでより優れた文化を生み出しただろうか。

「アドルノという特殊な人間がそう思っているだけだ」と考えるのが、精神衛生上いちばん安全な解釈だ。実際そうでもある。しかしそうだとしても、アドルノという特殊な人間のペシミズムの深さは、ただそれに書物で触れるだけでも、凍りつくようである。

戦後に現れた文化のうち、私の知る限り、アドルノが最も評価したのは、サミュエル・ベケットの作品だが、『勝負の終わり』を理解する試み」（『アドルノ 文学ノート1』所収）を読むと、その評価は、ベケットの作品がコミュニケーションの存在しない、永続的なカタストロフとしての現代を、容赦なく表現しているからだ、ということが判る。ベケットの作品が、「文化がゴミ屑であることを表現しつくした文化」であるがゆえに、アドルノは関心を寄せるのだ。
「アウシュヴィッツ以後」の「詩」に対する、これほどの批判、絶望、さらにはいっそ「嫌悪」といっていい悲観をいだいたアドルノは、一九六九年に亡くなった。没後、未完となった長大な論考が編集され、未完のまま上梓された。そこに何が書かれていたかは、稿を改めて書くことにする。

3 「アウシュヴィッツ以後……」は「名言」となる

アドルノの死後、「アウシュヴィッツ以後、詩を書くことは野蛮である」という言葉は、独り歩きし始めた。アドルノの名前すら知らなかった私が、この言葉だけはどっかで見かけて知っていたのも、そのためである。

名言とは何か。権威である。私が何かをいうとき、私一人の言葉では説得力がない。そこで名言を援用して、自分の言葉を補強する。アリストテレスはこういった、森鷗外によれば、人生とは。すると私の言葉まで、それなりに力のあるものであるかのような印象を与えられる。名言はそのようにして使われる。

自分も自分の言葉も弁護しなかったアドルノの言葉が、権威になる。

震災からアドルノを読み始めていると、こんなことがインターネットのニュースに出た。二〇一二年七月、大規模な原発反対のデモが行われた際に、作曲家の坂本龍一氏がこんな意味の発言をしたというのである。哲学者テオドール・アドルノは、アウシュヴィッツの後、詩を書くことは野蛮であるといった。私はこう言い換えたい。福島の後に声を発しないことは野蛮である、と。

坂本氏の思想にも危機意識にも現状認識にも、私は批判的ではない。芸術家は理想を抱くべきであり、理想は現実に向かって声をあげなければならない。理想に向かって、それは現実を無視した考えだとか、いい気なことをいっていると攻撃するのは、人の口を抑えつけて沈黙を強いる暴力に等しい。福島の原発事故の後に何もいわずにいるのは野蛮である。(後記参照)

だから坂本氏はアドルノの言葉なんか引き合いに出す必要はなかった。なんでそんなことをしたのか、いくら考えても判らない。ポピュラー音楽については、アドルノは冷静とは思えないほど嫌悪感をあらわにした。坂本氏の音楽をアドルノが気にいるとはまったく思えない。ということは坂本氏にもアドルノの音楽論には、いいたいことがあるはずで、よりにもよってどうしてそんな哲学者の言葉を引用したのかが、まず判らない。

またアドルノは政治的な抵抗運動にはこれっぽっちも協力しなかった。政治の季節であった六十年代のドイツでは、アドルノの著作は学生運動の理論的支柱のひとつであったにも拘らず、それを書いたアドルノは大学騒乱に際して警察を呼んで学生を排除した。「大規模な原発反対のデモ」という抗議活動に、アドルノがいい顔をしたはずがないのである。

文意としても引っかかる。

アウシュヴィッツ以降、詩を書くことは野蛮である。
福島の後、声を発しないことは野蛮である。

「声を発しないこと」はどちらかというと、「詩を書かないこと」に対応するのではないか。「福島の後、声を発することは野蛮である」とすれば、これはアドルノを言い換えたことになるだろう。アドルノ的な怒りと悲観もあらわれる。だが坂本氏の主張とは正反対になってしまう。

だから単に「福島の後で声を発しないのは野蛮だ」とだけ語ればよかったのである。繰り返すが私は坂本氏の考えを軽く見ているのではない。論難しているのでもない。訴えたいことをしっかり訴える坂本氏の姿勢は尊敬に値すると思う。ただ私は、つまらないことに拘泥している。言葉尻をとらえてねちねちクレームをつけている。まるで坂本氏が、虎の威を借る狐のごとく、アドルノの名言を権威として使ったように思っている。

しかし、私が今書いているこの文章も、同じ穴のムジナだ。藤谷って難しいもの読んで偉いなあ、と思われようという意図はないけれど、しかし結果的に読者がそう思うことを、この文章は避けられないし、避けていない。人を斬るなら、まず絶対に自分を斬らなければならないということを、私はアドルノから学んでいるつもりで、それは小説を書く、小説を発想する、構成するうえでも、必ず役に立つと信じているわけだけれど、そんなこといったってやっぱりどこか、アドルノ読んでる自分に酔ってるところも、きっとあるに違いない。

後記

ちなみに原発問題について私の考えを書いておく。私は、原発反対の意見には理想がしっかりとあるわりには現状認識が不充分であり、原発賛成の意見には現状認識が充分あるのに、理想は空論（要するにそれは「これ以上地面は壊れない」という理想だ）だと思っている。私は原発に関しては、はっきりと賛否不明の立場を取る。賛成か反対かを絶対鮮明にしろといわれれば、私は「高濃縮核燃料ウランの存在に反対」で、そんなものに反対しても現在の科学技術では、高濃縮ウランの存在をなくすることは不可能なのだから、賛成も反対もあったものではない。その日が来たら自分はもちろん見も知らない子供や動物と共に苦しみながら死ぬだろう。自分がそんな目に遭わなくても知らない人たちがそうなるだろう。それを黙って見ているしかできないだろう。自分だけでなくすべての人間がそうやって今生きている、と思っている。「だからそうならないように万全の安全対策を」という考え方は当然必要であり、その考えを実践するのにすべての人間は協力しなければならない。ところで福島原発事故以前にもそういう考え方はあった。そういう考え方に基づいてすべての原子力発電所は建造された。福島が世界最初の放射能汚染の事例でもない。「これからは教訓を生かして原発は安全になる」というのも、「原発がなくなれば安全」というのも、私には同程度の単なる願望に思える。原子力については、高濃縮ウランの完全な処理を目指して研究を続けている科学者のために、自分ができることはなんだろうと考え、実践するしか方途はない。

## 芸術からの哲学

シュテファン・ミュラー＝ドーム『アドルノ伝』（作品社）は、アドルノの生涯を克明に追った力作であるとともに、読んで面白く、またアドルノ哲学への批評・批判としても優れている。アドルノの漁色家ぶりなども書かれてあって驚かされるが、私が最も驚いたのは、巻末の年譜と、七頁におよぶアドルノの「作曲作品リスト」である。

一九二〇年代にアドルノがアルバン・ベルクに弟子入りし、作曲を試みたことは、アドルノを読む人間なら誰でも知っている。だがこの詳細な作曲作品リストを見ていると、アドルノが「作曲を試みた」などという表現は、生ぬるいことがよく判る。弦楽四重奏や弦楽三重奏、ピアノ曲、歌曲といった室内楽を中心に、合唱曲や管弦楽曲、オペラまで構想していたそうだ。

ちなみにそのオペラは「インディアン・ジョーの宝物」という『トム・ソーヤーの冒険』から題材を取ったもので、台本もアドルノが書いたそうである（ドイツ語で）。アドルノとトム・ソーヤー。なんだかぎょっとする。しかもそれはシェーンベルクばりの十二音技法で書かれたものらしい。ハックルベリーが現代音楽で歌うところは、見たいような見たくないような、どっちかというと見たくない気がします。

アドルノの作品はただ書かれただけでなく演奏もされているし、CDまで出ている。あいにくそれらのCDは皆、現在は入手困難なようだが、ユーチューブで聴くことができた。ミュラー＝ドームによるとアドルノは作曲家としての自分を、臆病でインスピレーションに欠けると評価していたようだが、ざっと聴いただけの私の印象もそれに近い。しかし決して愚昧な作品ではないし、誰とはいわぬがもっと退屈な、不誠実な音楽を量産して音楽の専門家をやってる奴はいくらでもいる。アドルノが「作曲もしたことのある哲学者」などではなく、「哲学者であり、作曲家」であったことは明らかである。

こういう人は珍しい。私はほかに一人も知らない。「作曲もしたことのある哲学者」なら、ジャン・ジャック・ルソー（「むすんでひらいて」を作曲したというのは本当なんだろうか）やニーチェがいる。哲学者に限らない。他のジャンルで何事かを成し遂げ、しかも趣味という以上の作曲家であった人間といって、誰がいるだろうと、さっきから私は考えているのである。逆の場合、つまり作曲家であって他のジャンルにも打ち込んだ人物は挙げられる。ヴァーグナーは「作家」でもあったといえるだろうし、もしかしたらシェーンベルクは「画家」でもあったろう。全集にして二十数巻になんなんとする業績をあげながら、同時に室内楽や歌曲を二十も三十も作曲した哲学者は、テオドール・アドルノをおいてほかにはいない。

だからアドルノは偉いとか、そこにアドルノの重要性がある、などというつもりは毛頭ない。もちろん音楽を語るアドルノを、私は好きである。しかし読んでいくと、少なくとも『音楽社会学序説』（平凡社）とか『アルバン・ベルク』（法政大学出版局）といった著作は、いかにも軽い読み物だ。軽いからつまらないのではなく、軽くて楽しい。個人的なアドルノのベスト・ワンを挙げろといわれたら、私は『ベルク』を取る。この本にはアドルノの、師匠への情愛と、幸福の記憶があふれている。しかしアドルノの偉大を明らかにしている本とはいえない。

アドルノは六十六歳になる少し前に死んだ。どこで読んだか忘れたが、彼はあんな学生運動ばっかやってる大学なんかとっとと辞めて、辞めたあとは作曲活動に専念したいと考えていたらしいのである。「作曲作品リスト」は一九二〇年代が最も活発であり、三十年代から四十年代にかけてすぼんでいき、四十年代後半からは殆ど全然ない。アドルノが死んだのは一九六九年だから、彼は四半世紀のブランクをものともせず、七十年代から作曲を再開しようと思っていたことになる。もう一度いうが、作曲家であったことがアドルノの偉さでもなければ重要性でもないと私は思う。ただ特異である。

ベルクの弟子として、アドルノの作品は基本的に無調であったようだ。そしてアドルノの哲学は、「無調の哲学」と呼ばれることがある。ハ長調とかト短調とかいった、軸になる調がない音楽を無調というが、アドルノはどんなテーマを扱っているときにも、社会学、心理学、美学、観念論、実存主義、マルクス主義、形而上学、現象学、文学、それに政治学や時事問題まで取り混ぜて語り、しかもしばしばそれらについて、明確な定義や説明をせず、改行すらしないでぐいぐい語っていく。そしてそのような思索が扱うテーマは実に多岐にわたっていて、結論はない。たとえば「文化批判と社会」という文章で、アドルノが社会を批判しているのか、文化を批判しているのか、それとも文化批判を批判しているのか、読者がはっきり決着をつけられたら、それは恐らく読み間違いか、読み足りていない。無調の音楽はハ長調やト短調で終わったりしないのである。それは完結しないで終わる。アドルノはそういう文章を「エッセー」と呼んだ。

無調の音楽を作り、無調の哲学を思索したアドルノが、作曲するように思索を書いた、とは思わない。だいいち「作曲するように執筆する」とはどういうことなのか私は知らない。執筆と作曲は、方法論も形式も全然違う。しかしそれでも私は、アドルノにとって思索と芸術創作が不可分のものであったことは、疑いをいれないと思う。

つまりテオドール・ヴィーゼングルント・アドルノとは一人の芸術家であって、彼のすべての著作は芸術家の手になるものであると、私は思っているのである。哲学者ではない。社会学者でも、音楽研究家でもない。彼は芸術家だ。先に「哲学者であり、作曲家」と書いたが、軸足は常に「作曲家」の方にあった。私がアドルノの著作を尊重するのはその一点のためである。吉本隆明氏がいかに大量の評論を書いたとしても、その根本において彼が「詩人」だったように、アドルノの著作がいかに多く、それに比較して音楽作品がいかに少なくとも、彼は作曲家だったのであり、そこから敷衍した形で、哲学的論述においても彼は、それを芸術作品たらしめようとした。

一九〇三年の九月にフランクフルト・アム・マインに生まれ、裕福で芸術的環境に恵まれた家庭で育ち、図抜けて頭がよく、心理学も社会学も音楽も哲学も若くして習得し、作曲や音楽評論の筆を執っていたアドルノは、しかしあの時代にあの国にいたユダヤ人エリートとして、働き盛りを亡命生活ですり減らさなければならなかった。そんな人間の中に、「なぜ人類が真に人間的な状態に歩み行くかわりに、一種の新しい野蛮状態に落ち込んでいくのか」という絶望と怒りが沸き起こるのは、悲劇的で当然の帰結であったろう。彼はそれを音楽で表現するには、蛮勇に欠け、インスピレーションに恵まれなかったが、文筆によってはそれを十全に表現できた。彼のエッセーは評価され、生活も成り立ち、地位も手に入れられた。しかし彼はフランクフルト大学の教授である以上に、作曲家であり、芸術家だった。……これは私が頭の中でこしらえたアドルノ像で、信頼するに足りない。しかしそういう人間の書いたものとして、私はアドルノを読んでいるし、そう考えなければ、アドルノの最後の著作の説明がつかないとさえ、私は思っている。それは『美の理論』という本である。

アドルノの本を一冊読むのには、常に畳一枚ほどのスルメイカを咀嚼して呑みこみきるくらいの労力を要するが、『美の理論』というスルメはまず六畳はある。河出書房新社から出ている函入りの新装完全版は、一行約五十文字、それが一頁に二十二行、それが六四〇頁あって、段落はその半分くらいである。つまり平均すると二頁に一回くらいしか改行がない。

しかもこれは断片なのだ。この著作をまとめている途中でアドルノは亡くなった。『美の理論』は没後にアドルノ夫人と編集者が編纂し、補遺をつけて出版した未完成作品なのだ。読みにくさもここに極まれり。最後の頁までたどり着いてからしばらくのあいだは、頭痛がした。

そして大著読破の爽快感や達成感はない。内容の十分の一も理解できたとは思えないからである。にも拘らずこの一冊は、私の人生に最も大切な本のひとつとなった。生涯の友となる本としては、『マーラー』以上の力強さを持っている。

そして『マーラー』の場合と同様、私はここで『美の理論』にどんなことが書いてあるかを、かいつまんで紹介するつもりはない。そんなことは私だけでなく、どんなアドルノ研究者にも不可能だろう。これは芸術に関する全方位的な考察である。芸術と社会の関係、模倣、自然美、主観、普遍性、解釈、調和・不調和、テクノロジー、ユートピア、その他、について、ここでは論じられている。もしかしたらそれは、ドイツの美学理論書の系譜に連なる、伝統的な書物のひとつなのかもしれない。哲学史の中で『美の理論』がどのような位置を占めるものか、私には評価のしようもないが、語られている文章、その内容を見れば、それが理論家のものでもなければ芸術の観察者によるものでもなく、芸術の経験者、つまり芸術家そのものの立場から考察された言葉であることは明らかである。

芸術は普遍的法則を持たない。だが芸術の局面におけるどのようなものにおいても、客観的に拘束する禁止項目をもうけるなら、こうした項目はおそらく効力を発揮するものとなるであろう。そうした禁止項目を放射しているのが、規範的な作品なのだ。こうした作品が存在することは、このような作品は今度は最早不可能であると言いながら、その不可能なことを直ちに行うように、命令することにほかならない。（アドルノ『美の理論』）

この引用はこの本の本質をとらえてはいないが、こういう言葉は、芸術に向かって、創作という形で突進していった人間でなければ書けない。『美の理論』には、芸術家による芸術および芸術家批判の側面がある。

（蛇足。ここでいう「批判」とは、攻撃の意味ではなく、カントの「批判哲学」の批判である。ひとつの対象を凝視し、精査することで、その対象に大きな「励まし」となるような知的営為を「批判」という。『判断力批判』は、人間の判断力を、批判することで励ましている本なのだ）

『美の理論』が芸術家による芸術家に向けた本というだけなら、それは高級で難解なハウツー本と大差ないことになってしまう。いっそ『芸術家の心構え』というタイトルにでもすればいい。もちろんアドルノはそんなもの、決して書かない。だいいちこの本には、芸術家のあるべき態度については、全然書かれていない。書かれてあるのはひたすら芸術作品のことで、アドルノは芸術作品がどのように成り立っているかを、ひたすら社会との関係から論じている。そして――そこが私が読んでいて小癪に障るところなのだが――アドルノは芸術作品といえば、ベートーヴェンとかベケットとか、超一流の、それも欧米産のものしか相手にしない。アドルノが今現在生きていたとしても、私の書くものなどにはハナもひっかけないであろう。そう思うと生前のアドルノを立腹させた、アドルノはエリート主義者だという非難に、ちょっと加担したくなる。

しかしアドルノが、つまり超一流の芸術作品しか相手にしない人間がエリート主義者なら、たいていの人間がエリート主義者である。たいていの人は芸術に対して、バッハひとつまみ、セザンヌひとつまみ、シェイクスピアもひとつまみ、といった接し方をしている。お風呂の洗剤のCMにフォーレが使われたり、観光地のお土産屋さんに「ムンクの叫び人形」が売られていたりする。現代においてたいていの人は、かつての王侯貴族もできなかったほどの勢いで、芸術作品をつまみ食いしては残りを捨てている。たいていの人はまた、二流の芸術にも付き合うけれど、その二流芸術は同時代の芸術に限られる。二流芸術家が死んだら、二流芸術は一緒に死ぬ。勝手に死ぬのである。たいていの人は勝手に死んでいく二流芸術を相手になんかしない。

つまりアドルノとたいていの人は、お互いに背を向け合いながら、似通っているところがあるのである。それをたいていの人は知らないが、アドルノは知っている。そして彼はたいていの人に向かっていうのである、芸術とは、美とは、そんなもんじゃない、と。

アドルノが作者の寿命と同じだけの命運しかない二流芸術を相手にしないのは彼が慧眼《けいがん》の士だからだし（彼がベルクに弟子入りした一九二〇年代前半には、まだ「新ウィーン楽派」の評価は定着していなかった）、彼がベートーヴェンやカフカといった超一流芸術を尊重するのは、彼らの作品が、社会の全体主義化、画一化、新しい野蛮状態に対して、たった一個であらがっているからである。そして社会の野蛮に対して、芸術ほど確固としてあらがうものは、哲学にも、社会にも、日常生活の中にもないのである。

芸術はユートピアであらねばならず、またそうなることを意図しているが、現実の機能連関によってユートピアとなることを遮られれば遮られるほど、ますます断固としてユートピアたらんと意図する。だが芸術は仮象や慰めにすぎないものとなってユートピアを裏切ることがないように、ユートピアとなることを禁止されている。こうした二律背反は、今日のさまざまな二律背反のうちで、中心的な二律背反と言ってよい。芸術のユートピアがもし実現さ

れることがあるなら、その時芸術はこの世から消滅することになろう。（同前）

「アウシュヴィッツ以後、詩を書くことは野蛮である」と書いたアドルノが、最後にこの世に遺した著作が『美の理論』であったことに、私は感動する。たとえそれが野蛮な振る舞いであろうと、「ゴミ屑」の山を築く営為になろうと、アドルノは美に、より巨大な「新しい野蛮状態」への力強い否定を託している。アドルノが「無調の哲学」に徹した理由も、あるいはそこにあるのかもしれない。彼にとって美学と社会学、政治学、文学のあいだには、へだたりがないのである。それは私たちの中にあるさまざまな性格やものごとへの判断、趣味や倫理観が、お互いに区分けされているわけでないのと同じだ。

　アドルノの芸術へ向けた言葉は、私に、芸術がいかに人間の精神にとって重要であるかを教えてくれる。それまで重要でないと思っていたわけではない。それまで私が思っていたよりはるかに重要だと教えてくれるのだ。その重大性を毀損するものは、社会の中にも、たいていの人の中にも、芸術家の中にも、私の中にもあって、それがアドルノには見えている。

# こうして書いていく――あとがきにかえて

このエッセイ集は私の小説家デビュー十周年に合わせて企画された一冊である。本書と同時期に上梓される筈の小説『世界でいちばん美しい』も、同じ意図によって今年完成が目指された作品だった。また今年は拙作『船に乗れ！』が、かなり大がかりな舞台作品になるという、嬉しくも華やかなイベントも予定されている。分不相応な十年目で、なんだか申し訳ないようだ。

十年前というと二〇〇三年だ。私はもう少しで四十歳になるところだった。今の私は従って、もうじき五十歳になる。

どうも小説を必死に書いて十年経って五十になって、これを書いたぞ！　と胸を張ることのできる作品を未だ書くに至っていないというのは、ありていにいって相当に恥ずかしい話だ。商売を間違えた可能性は低くないのではないかと思う。十年もったただけでも大したものだという考え方もあるだろうが、たつきに迫れば人間どんなことでもやる。そういう根性でやってはいけない商売なのではないかと思う、小説というのは。

謙遜なくいうと、売れるものが書きたいものだとは常に思っているが、そのために時流に合わせるとか、改行を増やすとか、お涙頂戴の小説は書かなかった。自分なりにいいものを書いて、かつ売れたいと思っている。優れたものを書ければ売れなくても構わない、とは思わない。

それは、本当に優れた作家のうち、生前まったく認められなかった人、売れた小説をひとつも書かなかった人というのは、案外少数なんじゃないかと思うからである。宮沢賢治とかカフカのような作家は例外だし、彼らは二人とも、そもそも生前殆ど作品を出版していない。梶井基次郎や樋口一葉は、貧困のうちに死んだというより、認められる前に亡くなってしまったというべきだと思う。つまり彼らはせめてあと五年生きていれば、その作品に見合った報酬を得られただろうと、私は思っている。四十年以上生きた、優れた作家のうち、生前に目覚しい売れ行きの小説を、ただのひとつも書かなかったという人がどれくらいいるだろう。ハーマン・メルヴィルやヴィリエ・ド・リラダンのことを忘れたわけではないが、やはり例外である気がしてならない。デイヴィッド・リンゼイの作品は生前まったく認められなかった。ところであなたは、リンゼイを知っているだろうか。知っているとして、リンゼイは（コリン・ウィルソンのいうように）「優れた作家」といえるのだろうか。ちなみに私は、リンゼイのような小説が書きたいと思っている。書けるわけがないことも知っている。

逆に、その作品がひとつも生前にポピュラリティを獲得していなければ、決して私の手に届くことはなかっただろうと思える偉大な作家は、枚挙にいとまがない。その極端な例として、私はよくウラジーミル・ナボコフを挙げる。あの美しい本格小説『ディフェンス』から、晦渋を極めた『賜物』を経て、芸術小説でもあれば一種のサイコ・ホラーでもある『青白い炎』に至るまで、ナボコフの小説世界は私のような頭の弱い人間にも、文学への畏怖を骨の髄まで思い知らしたという点でこのうえなく貴重である。しかしそれらの作品を私が知ることは決してなかっただろう、もし『ロリータ』という大ベストセラー小説がなかったら。

ナボコフの小説に俗耳をそばだたせるようなものは何ひとつない。『ロリータ』は唯一の例外であり、この例外はゲスいほどの成功を収めた。言語の才に溢れていながら流浪の人生を強いられ、ついこのあいだまでコーネル大学のしがないロシア文学の先生だったナボコフは、『ロリータ』一発で時代の寵児、スキャンダルの張本人、国際的な大論争の中心点となり、以後はスイスのホテル住まいをして七十八年の生涯を閉じたのであった。

もしナボコフに『ロリータ』がなかったら、というのと同じ仮説が、『ライ麦畑でつかまえて』のないサリンジャーや、『ゴドーを待ちながら』のないベケットに立てられる。いっそのこと世界の文豪ベスト百みたいなリストを作って、生前すでに評価が高かったかどうかを調べてみればいい。私のいっていることが銭金の問題でない、しかし明らかに銭金になっている問題であることが、はっきりすることだろう。本当に優れた文学者は、ほぼ間違いなく世俗的な成功を収めている、もしくは収めた経験を持っているのである。

（いうまでもないことだが、私は、最も成功した作品が最高傑作、などといっているのではない。そんなことをいったらスコット・フィッツジェラルドの最高傑作は『楽園のこちら側』に、ヘンリー・ジェイムズのそれは『デイジー・ミラー』になってしまう。またこれも蛇足ながら、成功さえすればそいつの作品は文学的に優れている、などということには、金輪際ならない。そんなことといったらあの作家やこの作家は……いや、やめておく）

それに、冒頭の文章にも書いたが、文学はあなたのためにあると私は思う。それを書いた人間のためにあるのではない。俳句の話で句会のことを書いた。句会では選句をする。他人の書いた句を選ぶ。そして選んだ人は、その人の解釈で句を評する。作者は黙っている。作者の意図とことなる評をくわえても黙っている。句会においては、作者が思いもしなかった解釈が選者によって語られるのもまた、楽しみのひとつだ。つまり選んだ句は、選んだ人のものなのである。高浜虚子は、選は創作なり、といったそうである。

すべての芸術について、これはいえることだ。私たちが強く心を動かされ、人生のよりどころとするような音楽が、その内実は、作曲家が貴族や司祭や興行主から依頼されて作った音楽であったりする。ある婦人がブラームスに、どうしてあなたの音楽はそんなにロマンチックなのでしょう？　と尋ねたところブラームスは、出版社がそうしろというもんですから、と答えたという話がある。この話はあたかも通俗的な聴衆の、音楽創作に対する理解の浅さを現しているように語られることがあるが、私にいわせれば理解が浅いのはブラームスの方である。誰がなんといおうとアドルノがどんなに苛立とうと、婦人にとってブラームスの音楽がロマンチックに響く以上、それはロマンチックな音楽だ。ブラームス当人がそれを出版社の求めに応じて書こうと、そこにシェーンベルクが和声学上の革新を発見しようと、そこにはロマンチックに聴こえる響きが含まれている。選は創作なり。作者は黙してかたじけなく評をいただくべきである。

ただそうやって読者は作品に問われてもいるのだろう。ブラームスはロマンチック、で済ませてしまう婦人は、その印象批評に責任がある。そういう感じ方をしたということで、婦人の芸術に対する知性や人品を見定められてしまう。作者にではなく、作品に見定められるのである。シェーンベルクが発見したブラームスの革新に、ブラームス自身が気がつかなくて驚く、ということだって、芸術にはありうる。作者が作品に対して常に正解を持ち合わせているわけではない。むしろ、ある作品の持つ豊かさは、作者以上に読者が発見するのが常である。

そういう作品が書きたいものだ。だが芸術作品が読者によって発見されるものである以上、作者が意図してそういう含みのある作品を書くことは、恐らく不可能である。レイモンド・チャンドラーは『ザ・ロング・グッドバイ』を書いたとき、それが優れたものだという自覚はあっただろう。だがまさかこれが戦後アメリカ文学を代表しうるような作品だとは、思ってもいなかったに違いない。それは年月をかけて、読者たちが『ザ・ロング・グッドバイ』を文学芸術の傑作として遇するようになったから、傑作になったのである。読者に向かって作者が、どうかこれを傑作にしてくださいと、頼んだって無駄である。

とすれば作者にできることは、自分として精一杯の優れたものを創作することしかない。幼稚な結論だが真実だ。そしてそのためには、さらに陳腐なことを書くが、枠にとらわれてはいけない。チャンドラーはミステリとして売り出されたし、ミステリ業界のインサイダーとして書き続けたが、ハードボイルド小説の当時の約束事、すなわちセックスと暴力とか、スピーディな展開とか、そんなものは殆ど無視している。『ロリータ』はポルノ小説を多く出す出版社から出た。『こころ』は新聞連載小説で、後続の作家が決まらずに途中を引き伸ばさなければならなかった。『東海道四谷怪談』も『三人吉三《さんにんきちさ》』も、役者と芝居小屋のために書かれた。創作の値打ちは頼まれ仕事の質で決まる。創作に限ったことではないだろう。ただし創作の場合の「質」とは、依頼主の思惑をどれだけ逸脱できるかによるのである。

世に知られてはいないが、しかし優れた文学というのは確かにある。そういう文学者も少なくない。けれども今現在活動中の小説家として、「たとえ俗世間に認められなくても、芸術的に優れたものを書こう」と志すのは、自分の跳ぶべきハードルを低く設定しているばかりでなく、芸術に対する視野を狭めている。芸術に至る入り口に扉はない。それは誰にでも入ることができる。扉のない入り口に衝立《ついたて》を立てて入りにくくしようとするのは、知識人と芸術家本人である。アドルノの作った衝立は堅牢だ。それでも人は、どんな人でも、その堅牢な衝立の脇をひょいと抜けて、芸術に入っていくことができるのである。

だったら最初から衝立なんか立てようとしない方がいいと思う。どんな人にも読めるもの、読んでいい気分になりたかったら勝手になれといわんばかりのものを書いて、しかも芸術的に高度なものを、目指すだけでも目指すべきではないだろうか。だって実際『銀河鉄道の夜』とはそういう小説ではないか。『こころ』『華麗なるギャツビー』『若きウェルテルの悩み』『高慢と偏見』『変身』『人間失格』『ボヴァリー夫人』『ねじの回転』『ゴリオ爺さん』『百年の孤独』『細雪』とは、そういう小説ではないか。いずれも作者名などいわずもがなの、人口に膾炙した作品ばかりである。そしてそのポピュラリティは、これらの作品の高度な芸術性が獲得したもので、これらの作品のリーダビリティが理由なのではない。読みやすさ、読んで面白いことは、これらの小説が超一流の芸術作品である理由のひとつ、最も卑賤な理由のひとつにすぎない。しかしどの作品にもその卑賤な要素はあるのだ。読めるということは、文学が芸術に到達するために踏破しなければならない、最初の関門であるはずだ。社会性、倫理的判断、人間の不可解、神秘、といった境地は、その関門を越えたところにあるはずだ。

　私のこういう考え方は一面的である。人々が見慣れていると思っている物事に対して、そうではない、光はそのようには射しこんでこない、花はそのように咲くのではなく、犬はそのようには吠えない、人は人をそうやって愛するのではない、と、既存の表現に異議を申し立てるのが、新しい文学の役目であり、読みにくい文章になるのは、むしろそれが新しい表現として成り立っている証左となりうる、という考え方もある。文章とは個性であって、個性が際立てば他者に読みにくいものになるのは当然だという主張もある。そういう文学観を私は否定しない。否定しないがいう。読みにくい文章は、読みにくい理由が読者に理解できなければならない。また読みにくさそれ自体に文章のリズムがなければならない。もっともこれは、読みやすい文章にだって同じものが備わっていなければならないわけだけれども。それがなければ読みにくい文章とは、単に推敲をないがしろにしたひとりよがりの文章にすぎない。

物語性についても同様のことがいえる。小説を書こうとするとき、そこに物語をまったく考慮しないという発想方法は、私には考えられない。ストーリーをあらかじめ決めておくという意味ではない。どうも物語というと、類型論とか構造論を思い浮かべる人が多いようだが、物語には何種類しかないとか後置的だとか前置的だとか、そういう学問に創作の実際は無関係である。この本の中で動機の展開ということを書いたが、小説創作の現場にあって物語とは、小説を前に進める力、ベクトルのことであり、それがアラビアン・ナイトに起源を持とうが物語類型第何種に属していようが、こっちは知ったこっちゃない。大事なのは前進だ。小説の前進ということを考慮に入れない小説がいくら芸術的であっても、私はそれが優れているとは思わない。断っておくがこれはジェイムズ・ジョイスやヴァージニア・ウルフの「意識の流れ」一派の小説を指しているのではない。むしろあれこそ私のいう物語だ。ドラマやアクションに依らず、心理によって小説を前進させる力が、『ユリシーズ』や『灯台へ』にはみなぎっている。
自分なりのテーマとか、主張とかいうことに拘泥するのは、よくないことだと思っている。小説を書く人間の常として、私もまた自意識過剰のナルシストである。自分をできるだけ殺しておくくらいがちょうどいい。もしも私の小説に個性があるなら、それは後からおのずとにじみ出てくるだろう。出てこなければ、私がそれまでの小説家だったということだ。私という人間の持ち合わせている世界より、小説の世界の方がはるかに広大であることは、どんなナルシストにも判る。

この世はすでに読むべき文学作品で溢れている。今日を境に新刊書が一冊も出なくなっても、本を読む人間としての私にとっては痛くも痒くもない。既刊の書物のうち、死ぬ前に読んでおきたい本だけ読もうとしたって、読み切って死ねるとは思わない。今我が家にある本を読むだけだって、もしかしたら一生かかるかもしれない。これは私一人にあてはまることではなく、恐らくすべての読書家にいえることなのである。であるとすれば、本を書く人間としての私は、どうしたらいいのか。私の小説に対社会的な存在意義がなければ、私のしていることはアドルノのいう「ゴミ屑」を増やして糊口をしのいでいるだけということになる。それは生活のためとはいえ、卑劣なことである。

これに対して今の私は、たったひとつしか反論を持っていない。その反論は実に虚弱なものだから、やはり私は自分を卑劣と認めるほかはない。なぜならその反論とは、私が漱石や賢治や、カフカやウルフと比較して、たったひとつだけ持っている社会的な有利にしがみつく振る舞いだからだ。私が漱石よりも小説家として有利な一点。それは今の私が、生きているということである。

私がアドルノの本を読んでいるのは、そこで語られていること、あるいはその語り方が、こんにちの私が見るこんにちの世界に通じるものがあり、考える役に立つからだ。しかしアドルノはずいぶん昔に亡くなっている。今の私と同じ空気を吸っているわけではない。人間は先哲から学ぶことは多いけれど、自分と同じ風景を前にしている人間の声も聞きたいのではないだろうか。とりわけ今の日本では、そのような声が求められていると思う。

東日本大震災のあと、私は自分の仕事について、こんな風に思っている。「みんな、待っている」と。

そこにはなんの根拠もない。むしろ最近の出版状況を見る限り、誰も待ってなんかいないという方が正しい。それでも私は、みんなが待っているという確信を失ったことがない。頭がどうかしちゃったのかもしれない。

インターネットは人間の得られる情報量を飛躍的に増大させたが、ソーシャル・ネットワーキング・サーヴィスは人間の知能を低下させていると私は思う。そのことと震災が始まってからの精神的混乱が相俟って、今の日本では、安定を約束してくれるものになら、後先をかえりみないで依存しようとする力が勢いを得ている、と私には見えている。結果としてより保守的なもの、より権力的な存在、より図々しい人間にすがるのが、あたかも現実的な常識人として当然、という「雰囲気」「空気」ができあがっている。その背後には、地面が揺れるとか海が自分の家に襲いかかるというようなことは、まったく例外的な災難で、そんなことはもう考えたくない、もう二度と起こらないことにしたい、できることなら数年前のあれも、なかったことにしたい、という心理がある。

そんな心理はないかもしれない。私の歪んだ根性が作り上げた妄想かもしれない。耕すことも漁《すなど》ることもできない、優れた小説すら書くことのできない小説家のできることは、今ここで生きているために浮かんでくる妄想に正直であることだけである。

それはしかし、世の中に警鐘を鳴らすとか、天下国家に物申すというような、直接的な形で現れることはない。醜いものは作りたくない。醜いものを作るとは、醜いものを増やすことだからである。私は、私の手の及ぶ限り、美しいものを作りたい。さらにできれば、美しくて、かつ楽しいものを。それはおのずから、人間の知性を深め、想像力の範疇を広げると私は信じている。なぜなら美しいもの、楽しいことは、知性も想像力も使わなければ、決して人生に現れるものではないからである。

本書は大修館書店のPR誌『辞書のほん』8号から11号に書いた四つのエッセイを改稿し、「文学と地面」「雪国と今と」「店番をしながら書くことについて」「俳句と短歌」と題したものに、書き下ろしを加えたものである。小説について、小説をめぐるさまざまなことについて、いっぺん思うさま書きたいと思っていた。書ききれたとは思わない。しかしこれ以上書けるとも、今は思わない。

大修館書店の島田直樹さんの懇切なサポートがなければ、この本は存在しなかった。特に記して深く感謝します。

それでは皆さん、また今度。

## 引用文献一覧

『特別展「書聖 王羲之」』東京国立博物館ほか編集、毎日新聞社／NHK／NHKプロモーション、二〇一三
『小型新約聖書 詩篇附 文語訳』日本聖書協会、二〇〇三
『いなかのせんきょ』藤谷治、祥伝社、二〇〇五
『新潮日本古典集成（第二二回）雨月物語 癇癖談』浅野三平校注、新潮社、一九七九
『明治の文学 第5巻 二葉亭四迷』坪内祐三／高橋源一郎編、筑摩書房、二〇〇〇
『鹽原多助一代記』三遊亭圓朝、岩波文庫、一九五七
『明治の文学 第3巻 三遊亭円朝』坪内祐三／森まゆみ編、筑摩書房、二〇〇一
*Not-Knowing: The essays and interviews of Donald Barthelme.* ed. Kim Herzinger. New York. Vintage International. 1997
『いつか棺桶はやってくる』藤谷治、小学館、二〇〇七
『雪國』川端康成、創元社、一九三七
『雪国』川端康成、岩波文庫、一九五二
『マーラー 音楽観相学』テオドール・W・アドルノ、龍村あや子訳、法政大学出版局、一九九九
『プリズメン』テオドール・W・アドルノ、渡辺祐邦ほか訳、ちくま学芸文庫、一九九六
『啓蒙の弁証法――哲学的断想』ホルクハイマー／アドルノ、徳永恂訳、岩波文庫、二〇〇七
『アドルノ 文学ノート2』テオドール・W・アドルノ、三光長治ほか訳、みすず書房、二〇〇九
『否定弁証法』テオドール・W・アドルノ、木田元ほか訳、作品社、一九九六
『日本の美のこころ』川端康成、講談社、一九七三
『美の理論』テオドール・W・アドルノ、大久保健治訳、河出書房新社、二〇〇七

＊読みやすさに配慮し、旧字体の漢字を新字体に改めました。また、底本にあるルビを一部省略しました。

［著者紹介］

**藤谷　治**（ふじたに　おさむ）

小説家。一九六三年生まれ。日本大学芸術学部映画学科卒業。会社員を経て、東京・下北沢に本のセレクトショップ「フィクショネス」を経営。二〇〇三年に『アンダンテ・モッツァレラ・チーズ』でデビュー。〇八年に『いつか棺桶はやってくる』で三島由紀夫賞候補、一〇年に『船に乗れ！』三部作で本屋大賞第七位、一二年に『我が異邦』で織田作之助賞候補など、注目を集める。近著に『世界でいちばん美しい』。


こうして書《か》いていく


© Fujitani Osamu, 2013


NDC914／206p／19cm

初版第一刷——二〇一三年一一月三〇日

著者————藤谷《ふじたに》 治《おさむ》
発行者———鈴木一行
発行所———株式会社 大修館書店
〒一一三-八五四一 東京都文京区湯島二-一-一
電話03-3868-2651（販売部）
03-3868-2653（編集部）
振替00190-7-40504
［出版情報］http://www.taishukan.co.jp

印刷所———精興社
製本所———三水舎

ISBN978-4-469-29101-8 Printed in Japan


Ⓡ本書のコピー、スキャン、デジタル化等の無断複製は著作権法上での例外を除き禁じられています。本書を代行業者等の第三者に依頼してスキャンやデジタル化することは、たとえ個人や家庭内での利用であっても著作権法上認められておりません。